« Le mérite des bagnoles américaines, c'est qu'on peut transporter des cadavres dans le coffre sans leur replier les jambes »

San Antonio

François Bougeault

Un Ecart Type

Roman

L'écart-type est la mesure de dispersion la plus couramment utilisée en statistique lorsqu'on emploie la moyenne pour calculer une tendance centrale. Il mesure donc la dispersion autour de la moyenne. En raison de ses liens étroits avec la moyenne, l'écart-type peut être grandement influencé si cette dernière donne une mauvaise mesure de la tendance centrale.

1 – Le Cénacle d'Hypatie

Pendant le week-end de la Toussaint, le voisin de Stéphanie a proposé de mettre des bâches sur le toit. Il les a ajustées aux vieilles tuiles et maintenues par de grosses pierres. Mais à chaque averse, et c'est le cas tous les jours depuis trois semaines, des gouttières se forment encore sans raison apparente. Stéphanie doit monter à la grande échelle et remanier cet assemblage hétéroclite, tirer sur les plis de la toile, colmater les brèches avec les moyens du bord. Elle s'est battue un moment avec les éléments, mais son pantalon est trempé, ses pieds nagent dans les chaussures et un filet d'eau glacée coule entre ses omoplates sous la parka.

Elle aperçoit entre les massifs de chênes verts la camionnette jaune de la factrice filer sur la grand route et donner un petit coup de klaxon pour annoncer le courrier. Une fois sur la terre ferme, Stéphanie se dit que dans l'état où elle est, elle peut bien encore grimper le chemin boueux jusqu'à l'embranchement pour vider la boite aux lettres.

Bertrand, son compagnon exilé aux U.S.A depuis deux mois, lui a envoyé un e-mail de détresse la semaine dernière. Il réclame encore de l'argent et elle se demande ce qu'elle pourrait bien lui répondre. Comme s'il ne se rendait pas compte de la dèche dans laquelle elle se trouve depuis son départ ! Elle a pris sur elle d'appeler Guillaume Cuvier, le frère jumeau de Bertrand. Elle ne le connait guère que par téléphone : Il vit en région parisienne et les deux frères sont brouillés depuis longtemps. Elle lui a raconté toute l'histoire. Guillaume a de l'estime pour elle et il s'est montré plutôt conciliant. Il a proposé de lui envoyer un chèque, dont elle ferait bien ce qu'elle voudrait.

Le poêle à bois ronfle dans la cuisine. Stéphanie y jette, dépitée, tout le courrier qu'elle a trouvé : Une liasse de publicités dégoulinantes. Elle ferme le volet de tirage et étend ses fringues sur le Tancarville. En petite tenue, elle réchauffe ses membres endoloris devant les flammes.

Le hameau des Garrigues est animé en été : des cris d'enfants résonnent dans la vallée. Mais Stéphanie apprécie la brume automnale, l'odeur du feu de bois et la sérénité intemporelle retrouvée après le départ des touristes. Elle adore les vieux murs en pierre de sa maison, les faux aplombs, les poutres de chêne vermoulues, le patchwork des tomettes inégales au sol, l'étrange géométrie des marches de l'escalier qui dessert en demi-niveaux les volumes biscornus où ils ont établi leurs pénates. Pour réaliser leur rêve de soleil, ils ont acheté cette baraque dans le Languedoc et l'ont retapée patiemment pendant près de dix ans. Mais Bertrand s'est cassé la figure en avril. Il s'en est sorti indemne, mais ne voulait plus remonter sur les échafaudages. Il a passé son temps à se plaindre et à trainer la jambe au bistrot de Cazeneuve jusqu'à ce qu'ils décident de prendre un peu l'air en Espagne, au début de l'été.

Quand elle préparait sa thèse de doctorat à Paris-Diderot, il y a une quinzaine d'années, Stéphanie s'était engagée dans un cercle informel de mathématiciennes créé à la mémoire d'Hypatie d'Alexandrie. Cette philosophe grecque du cinquième siècle après Jésus-Christ fut la première mathématicienne célèbre de l'histoire. Mais ses travaux sur l'arithmétique, les coniques et le théorème de Ptolémée ont été détruits pendant l'incendie de la bibliothèque d'Alexandrie. Et pour couronner le tout, elle connut une fin tragique, sur fond de conflit politique entre communautés religieuses, que raconte ainsi Socrate le Scholastique :

> *« Comme en effet elle commençait à rencontrer assez souvent Oreste, le préfet romain, cela déclencha contre elle une calomnie chez le peuple des chrétiens, qui lui reprocha d'empêcher des relations amicales entre Oreste et le patriarche Cyrille. Et donc des hommes excités, à la tête desquels se trouvait un certain Pierre le lecteur, montèrent un complot contre elle et guettèrent Hypatie qui rentrait chez elle : Ils la jetèrent hors du siège de sa voiture, la traînèrent à l'église qu'on appelait le Césareum, et l'ayant dépouillée de son vêtement, la frappèrent à coups de tessons ; l'ayant systématiquement mise en pièces, ils chargèrent ses membres jusqu'en haut du Cinarôn et les anéantirent par le feu. »*

Ce destin singulier avait de quoi galvaniser un joyeux bataillon de féministes !

Au mois de juillet, Stéphanie fut donc conviée par ses collègues à leur session bisannuelle du Cénacle d'Hypatie, qui se tenait à Barcelone. Celle-ci était organisée par Pénélope, une ambitieuse « quant, » analyste trader dans une banque madrilène. Bertrand l'accompagna sans rechigner. Et ce fut une réussite : Un gotha de jeunes talents affamés d'équations, bohèmes et romantiques, défila pendant deux semaines dans un grand appartement bourgeois de l'Antiga Esquerra. De petits conciliabules se formaient du matin au soir dans une ambiance feutrée. Les séminaristes discutaient autour des guéridons baroques, accroupis sur les vieux tapis du salon ou vautrés dans les lits des chambres. On faisait mouliner les ordinateurs, on froissait du papier et gribouillait des formules improbables sur de grands tableaux à trépied. Les sandwiches et les gobelets remplis de café passaient de main en main. Tous les soirs, vers onze heures, un repas bien arrosé était improvisé sur la grande table de la cuisine avant de s'aventurer dans les bodegas du Barrio Gotico en de joyeuses équipées.

Cédric, un thésard blême et immature de vingt huit ans participa à la fête. Il était vêtu d'une blouse grise et portait la lavallière comme un instituteur de la troisième république. Il fut la coqueluche de ces dames. Il venait d'obtenir la médaille Fields, le plus grand prix de mathématiques, et défendait la cause des mathématiciennes.

- Beaucoup de peintres ont tenté de saisir le corps de la femme. Seuls les plus grands, comme Léonard, ont su capter leur regard. L'inspiration féminine est pure abstraction, comme l'est LA mathématique. La vision du monde de la femme EST mathématique. Elle est certainement l'expression sublime du réel. Adam a soif de savoir et Eve en détient la clé. Mesdames, nous attendons de vous la découverte de la divine pierre philosophale, et non les équations mortifères de la bombe atomique !

Ces séances de spiritisme enchantaient Bertrand. Sa qualité d'ingénieur et son goût pour la spéculation intellectuelle lui permettaient de suivre les envolées lyriques de ces doux rêveurs dépenaillés. Il savait quelles merveilles pouvaient sortir de ces têtes chercheuses et voyait de grands esprits dans ces corps de femmes !

- Elles ne sont pas du genre à jouer laborieusement des coudes avec des chefs hostiles pour se faire accepter en entreprise. Dans cet univers virtuel, elles se tiennent à l'abri des réalités quotidiennes et comptent certainement sur le soutien de gentils maris gagnant bien leur vie et de femmes de ménage pour étendre la lessive…

L'air devint électrique quand Faith débarqua avec Ruby : Deux américaines originaires de Cambridge, le célèbre faubourg universitaire de Boston, aux Etats Unis. La première, une grande blonde aux yeux clairs, volontaire et volubile, ne passait pas inaperçue, mais la seconde, sensuelle et vaporeuse à l'épaisse chevelure brune, était beaucoup plus timide. Elles abordaient toutes deux le vieux continent pour prêcher la bonne parole féministe et furent surprises de trouver les femmes espagnoles plus évoluées que dans le Yucatan.

De bonne grâce, Stéphanie leur traduisit certaines expressions d'un numéro spécial du Figaro Madame ramassé dans l'avion, consacré à la mode barcelonaise. De fil en aiguille, elles en arrivèrent à la dynamique des polynômes complexes et les professeures assistantes de Harvard n'étaient pas en reste. Quand le copain de Stéphanie les rejoignit, elles évoquaient ce génial professeur français qui « montre » que le produit de convolution de deux fonctions EST un barycentre qui conjugue des moyennes, un peu comme si en superposant plusieurs photos floues on obtenait une image nette...

Bertrand reconnut tout de suite le verbiage imagé de son compatriote et se rengorgea devant elles, soudainement pénétré du pouvoir de séduction de sa quarantaine naissante. Avec son américain des faubourgs, il leur fit son petit numéro sur Adrien Douady :

- Il arrivait pieds nus dans l'amphi et donnait ses cours avec sa fameuse chemise à carreaux de bucheron grande ouverte, les poils de sa grande barbe hirsute collés à la poitrine.

Les américaines connaissaient la légende, mais elles rirent des mimiques de Bertrand et ne le quittèrent plus de l'après midi. Il les présenta aux congressistes avec un humour bienveillant et les conduisit sur les Ramblas pour goûter à l'exubérance catalane. Stéphanie le laissa faire. Elle avait craint de le trainer comme un boulet au milieu de ce maelstrom de forts en thème. Le Cénacle se déroule habituellement dans les salles de cours sinistres de campus désertés en été, et elle était heureuse de le voir se distraire et reprendre des couleurs en si joyeuse compagnie. Aujourd'hui, elle dirait que ces garces l'avaient bien embobiné…

En effet, le lendemain du départ des américaines, alors que Stéphanie était coincée au bout de la table de la cuisine pour le petit déjeuner, Bertrand annonça à la cantonade la bonne nouvelle : La séduisante Faith avait proposé de l'embaucher dans une espèce d'association avec un nom à coucher dehors récemment fondée à Cambridge en partenariat avec le département de mathématiques de l'Institut de Technologie du Massachusetts. Il leur fallait un ingénieur ayant un bon relationnel pour assurer des tâches administratives dans un cadre universitaire et effectuer des démarches auprès de start-up et de fondations engagées dans le mécénat pour le compte de grandes entreprises du Nasdaq. L'idée de recruter un français était séduisante. C'était inespéré pour Bertrand après plus de deux ans de chômage. Il s'y ferait des contacts intéressants pour sa carrière. Il tiendrait le coup là-bas le temps qu'il faudrait et trouverait peut-être même un poste à Stéphanie. Veaux, vaches, cochons, couvées, le mois suivant il s'envolait pour New York.

Le jeans taché de Stéphanie fume devant le poêle incandescent des Garrigues. Elle a enfilé un survêtement en polaire et sirote son thé préféré à la bergamote, bien chaud et bien sucré. Elle se penche sur la petite table du salon et trie ses notes pour le cours de calcul intégral qu'elle donnera demain à Montpellier. Il lui faut aussi remplir des documents administratifs et préparer pour l'après-midi une réunion d'orientation avec ses collègues du département de la faculté. Quelle colique ! Elle devra affronter avec un sourire complice cette clique de planqués agrippés à leurs privilèges. Profs, assistants, techniciens et personnel administratif se valent bien pour trainer les pieds à chaque nouvelle directive ministérielle... Bertrand en bavait dans le privé, mais au moins ça vous bougeait son monde !

Vers sept heures, la clochette du portillon retentit dans la cour. Aaron, son voisin le couvreur improvisé, passe la tête à la porte sans frapper.

- Je vous dérange, ma petite Stéphanie ?

Evidemment qu'il la dérange ! C'est devenu une habitude depuis qu'elle a accepté son aide : L'intrusion quotidienne de ce rougeaud d'anglais aux cheveux taillés en brosse qui fait office de maçon dans le hameau. Il est plutôt bien élevé, mais tous les soirs copieusement imbibé. Et quand il est dans cet état, il ne se gêne pas pour lui proposer ses galants services. Heureusement, l'alcool le rend sentimental et jusqu'à nouvel ordre, il se montre doux comme un agneau. Dans sa solitude actuelle, Stéphanie tolère de bon gré ses incursions répétées.

- Vous savez, Stéphanie, je vous aime beaucoup. On pourrait s'arranger, pour la toiture…

Il imagine peut-être se payer en nature ! Et voilà qu'il se met à danser, les bras courbés en anse de panier, le torse bedonnant débordant de son blouson écossais ! Il singe des bisous en faisant avec la bouche des bruits de succion obscènes.

Sa femme Yohanna s'empâte depuis sept ou huit ans dans la maison d'en face sans parler un mot de français. Elle s'avachit sur les coussins fleuris de son fauteuil en rotin sous la véranda en feuilletant des magazines et des romans à l'eau de rose pendant que son mari bêche rageusement le potager. Ils habitent ce que les gens du village appellent pompeusement « le château.» Une bâtisse austère à peine ajourée de quelques meurtrières qui porte ombre tout l'après-midi au jardin des Cuvier. Stéphanie les espionne souvent depuis la fenêtre de sa salle de bains au premier étage. Allez savoir pourquoi elle se délecte de ce spectacle ?

- Je dirai à Yohanna que vous n'avez pas de quoi payer et elle ne fera pas d'histoires.

- Arrêtez vos conneries, Aaron ! Vous n'êtes qu'un vieux cochon lubrique. Faites plutôt vos petites gâteries dans la cabane au fond du jardin.

- Bon, d'accord ! Je vous promets que je penserai à vous.

- J'en serai flattée.

Stéphanie rédige justement dans la langue de Shakespeare une lettre de remerciements. Un chercheur hollandais, vénérable vieillard rencontré au Cénacle cet été, propose courtoisement de la citer dans son excellent ouvrage sur la répartition optimale de Neyman…

2 – Le Lisa Chudlovsky Council

Ayant débarqué à Boston en pleine rentrée universitaire, Bertrand s'estime heureux d'avoir trouvé une chambre dans un confortable Bed and Breakfast des beaux quartiers. L'établissement est tenu par une Miss Marple à la voix chevrotante qui fouille dans ses affaires dès qu'il a le dos tourné. Certains pensionnaires, clients de longue date, sont fort peu amènes avec lui. Ils chuchotent dans son dos quand Bertrand monte l'escalier et n'ont pas la courtoisie de l'inviter au thé de cinq heures avec le maître des lieux. Ce vieillard décharné est ligoté sur sa chaise roulante devant la télévision. Le décor kitch de l'établissement et son atmosphère délétère font penser à la série « Arsenic et vieilles dentelles. »

La longue et large avenue du Commonwealth est bordée d'imposantes maisons de ville de style victorien. Elles sont construites en brique et pierre de taille avec deux ou trois étages. Les façades sont dotées de spacieux bow-windows et desservies par des perrons monumentaux. Les portes d'entrée en chêne sont sculptées de motifs tarabiscotés et décorées de lourds heurtoirs en cuivre. L'avenue est un grand axe urbain à deux voies avec un large terre-plein central sur lequel crapahute un vieux tramway entre deux rangées d'érables. C'est très pratique pour se rendre au centre ville. Le premier jour, Bertrand découvre à deux blocs de la pension un vieux Dinner's datant de l'avant guerre tout déglingué et poussiéreux : Les tables en bakélite aux angles arrondis sont fixées au mur et reposent sur un pied central. Elles sont surmontées d'élégants miroirs biseautés. Le sol en Gerflex représente un damier noir et blanc posé en diagonale et d'immenses ventilateurs sont suspendus au plafond. Un vestige inestimable des années quarante ! Mais l'endroit est un repaire de vieux clochards couverts de puces et Bertrand le déserte rapidement. Pourtant, le quartier est plutôt rupin : Des villas cossues aux jardins débordant de massifs d'hortensias occupent les ruelles adjacentes.

On trouve au bout de la ligne de tramway le petit centre historique de North End. Ses venelles tortueuses à l'européenne ne présentent pourtant pas beaucoup d'intérêt. Rien du bric à broc d'enseignes gothiques en fer forgé qui pend aux façades n'est authentique. Les touristes américains sillonnent le quartier à bord de rutilantes calèches tirées par deux chevaux, brandissant avec enthousiasme leurs ombrelles et chapeaux melons.

Heureusement, Faith propose vite à Bertrand une colocation de garçons à Cambridge même, de l'autre côté du fleuve, au cœur du dispositif universitaire. C'est une grande baraque en clins de bois peinte en vert datant des années vingt, clôturée par un grillage à poule. Elle comprend trois niveaux que se partagent trois étudiants friqués. Bertrand hérite de cinquante mètres carrés de parquet verni au premier étage, meublé par le locataire en titre, un étudiant originaire du Maine qui vient de décrocher un stage de six mois dans un quotidien newyorkais. Sitôt empochés les derniers billets verts de Bertrand, le jouvenceau disparait la gueule au vent au volant de sa petite MG décapotable.

Ici, on partage tout à la bonne franquette. Un homme de peine assure le ménage et remplit le frigo de la cuisine. Tout le monde va chez tout le monde, surtout chez Bertrand, parce que son appartement se trouve au centre de la maison. Le seul moyen d'être tranquille, c'est de s'enfermer dans la chambre en accrochant une pancarte pleine de sous-entendus à la poignée de la porte. Bertrand dispose d'un lit à eau chauffant extra-large et d'une puissante chaîne stéréo sur laquelle il découvre les derniers albums rock de l'actualité musicale.

Lisa Chudlovsky est une mathématicienne d'une trentaine d'années de nationalité israélienne, résidente permanente aux Etats Unis. Elle préside l'association qui porte son nom. Elle a obtenu le fameux prix MacArthur en 2003 pour sa démonstration du Théorème des Graphes Parfaits. Celui-ci n'avait toujours pas été prouvé depuis les années soixante. C'est une grande brune originaire de Russie, à l'abord froid et impénétrable. Elle accorde à Bertrand un entretien de quinze minutes, tantôt en anglais, tantôt dans un français très convenable, sans rien livrer de sa personne. Elle donne l'impression de penser à autre chose quand elle vous parle.

- La vocation du Lisa Chudlovsky Council est de sélectionner les demandes de parrainage d'étudiantes et de chercheuses et de leur trouver de généreux donateurs. Vous assurerez la logistique, Monsieur Cuvier, vous mettrez tous ces gens en relation et représenterez notre association. Vous disposerez d'une voiture et toucherez un salaire dès que le Département du Travail des Etats-Unis validera votre dossier. En attendant, vous accompagnerez Faith à ses rendez-vous avec votre attaché-case et vous vous présenterez en énonçant d'une voix claire : « Salut ! Mon nom est Bertrand Cuvier. Je suis ingénieur français en physique nucléaire.»

Rires convenus. Lisa Chudlovsky adresse à Bertrand un regard pénétrant et lui souhaite bonne chance.

Pendant plusieurs jours, Bertrand est livré à lui-même. Finalement, Faith juge sans doute qu'elle lui a laissé assez de temps pour s'acclimater. En sa qualité de directrice de l'association, elle le convie à un charmant diner aux chandelles dans la cafétéria ultramoderne du Massachusetts Institut of Technology. Ils boivent sans retenue. Bertrand se fend de quelques anecdotes savoureuses à propos de sa découverte de la ville. Faith s'en amuse beaucoup et délire sur la mentalité des américains et leur vénalité. Elle est saoule et il la raccompagne à pied jusqu'à son studio. Elle le fait monter et l'attire dans son lit. Elle se prête sans détour à une brève relation sexuelle, «dans un but hygiénique, pour éviter toute ambiguïté sentimentale, et on n'en parlera plus après, d'accord ? »

Le lendemain, elle lui signifie sans détour la fin de la récréation. Ils abordent le boulot et les choses sérieuses. Bertrand ne sait que penser de cette chercheuse de têtes. A-t-elle une conception si réductrice les relations entre les hommes et les femmes ? Et d'abord, chez qui voit-elle de l'ambiguïté sentimentale ?

Elle gère l'association depuis une baraque en planches située sous le viaduc de l'autoroute 93, au nord de la ville.

Le local est loué par sa banque suite à une saisie immobilière. L'équipement est rudimentaire : Une grande carte routière du continent nord-américain est placardée entre les deux fenêtres à barreaux de la façade principale et trois antiques bureaux à tiroirs métalliques sont réunis au centre de la pièce. Sur le mur du fond, des casiers pleins de dossiers et une desserte avec un vieil ordinateur. Bertrand est secondé par Robert, un jeune assistant de la fac employé à mi-temps à titre bénévole, un peu obèse et plein de bonne volonté, qui fait de son mieux pour le rassurer :

- Prends le tranquillement, mon pote !

Les présidents d'université et les directeurs de départements ne sont plus à convaincre. Ils font déjà les mêmes démarches auprès des entreprises et sont très heureux de déléguer cette charge à l'association. Mais le véritable enjeu est de débusquer parmi leurs ouailles de vrais talents qui attirent les financements. Cela demande le travail minutieux d'une experte : Faith, et de déployer une force de persuasion auprès des organismes de mécénat : Faith compte pour cela sur le charisme de Bertrand. Encore doit-elle bien régler sa machine de guerre :

- Tu as compris ? Tous les moyens sont bons auprès des quinquagénaires revêches à chignon qui chapotent ces vénérables institutions. Je t'ai testé l'autre soir sur le chapitre : Quand on représente une association qui défend les femmes, il faut savoir se mettre à leur service !

- Mais enfin, Faith, tout de même, que fais-tu des sentiments ?

- Les affaires sont les affaires. Tu expliqueras cela à Stéphanie. Tu pourras lui dire que tu as passé ton examen d'admission... avec succès !

- Trop aimable.

- Mais attention, soyons sérieux : Pas d'avances intempestives, cela aurait un effet déplorable sur la réputation de notre institution. Joue seulement à ce petit jeu si les affaires sont bien engagées et que ton interlocutrice insiste pour te revoir à la signature du contrat.

- Nous autres, européens, avons notre fierté et même un certain sens de l'honneur ! A propos, quand signons-nous notre contrat ?

- Aïe, aïe, aïe ! C'est très latin de faire ainsi du « rentre dedans ! » On s'attend forcément à ce genre d'attitude de la part d'un français. Mais vois-tu, chez nous, le moindre geste déplacé est perçu comme du harcèlement. Et aucune de ces femmes ne tolèrerait que tu prennes les devants. N'oublie jamais notre devise : Les femmes en premier !

Robert se marre en faisant « tut, tut, tut ! » Il clapote à toute vitesse sur le clavier de l'ordinateur avec ses gros doigts potelés. Puis il bascule le pouce sur la touche « Entrée » et l'imprimante crache les vingt pages de la liste de contacts. La belle blonde tend ses faux ongles vermillon sur l'encre fraiche et s'absorbe dans la lecture.

- Voila ! C'est très bien, Bobby ! Regarde, Bertrand : Cet astérisque en marge est très important. Son nom n'a l'air de rien mais ce monsieur fait partie de la communauté juive. Bobby est incollable sur le sujet. Lisa insiste pour que dans ces cas là, on se contente de fixer un rendez-vous par téléphone. Je ne sais pas si elle se fait des idées, mais elle tient absolument à assurer le premier entretien. Elle a des arguments bien à elle et s'en occupera coûte que coûte, même si elle est en train de prier devant le mur des lamentations à Jérusalem.

- Ok. « Je vous mets en relation avec Madame la Présidente. »

- Voila. Maintenant, tentons de donner quelques appels. Bobby, nom de Dieu, reste ici ! Tu fais partie du jury. Allez ! On s'y colle chacun son tour et ensuite on fait le point, d'accord ? Je commence. Ecoutez bien. Et après, vous me balancerez toutes vos vacheries… Une dernière chose : Si la conversation s'y prête, je glisse une ou deux plaisanteries mathématiques. C'est mon rayon, je joue ma carte… Toi, par contre, Bertrand, tu peux les intéresser avec ton métier. La France est la troisième puissance nucléaire au monde, non ?

Dans la maison verte (tout le monde l'appelle ainsi) Bertrand commence à prendre ses marques. Garrett, le locataire du deuxième étage, vient de Pennsylvanie. Il baigne dans le droit constitutionnel à la Harvard Law School. En dehors des prénoms des petites amies des musiciens d'obscurs groupes de rock métallique, il n'y a rien à tirer de ce travailleur acharné. Il ne se montre qu'au petit déjeuner et quand vous lui demandez quelque chose, il s'esquive d'un petit clin d'œil entendu avant que vous ayez terminé votre phrase. Si vous insistez, il vous souhaite le bonsoir en soulevant de son index le large bord du Stetson en feutre noir imaginaire d'Humphrey Bogart.

Par contre, « Winston de Detroit, » le « premier plancher, » c'est-à-dire le type qui habite au rez-de-chaussée, est bien moins débordé par son Département des Etudes Urbaines et de Planification. D'un tempérament affable, touche-à-tout, ouvert si ce n'est volage, il assure régulièrement des petits jobs à la fac, toujours prêt à rendre service. C'est un grand échalas détendu et bronzé, au nez busqué, aux cheveux frisés et à la moustache de Tom Selleck dans la série Magnum. Plein d'humour, il fraye avec tout le monde et introduit Bertrand à la vie du quartier.

Chaque jour de la semaine, à dix-sept heures trente, étudiants, professeurs et techniciens prennent une bonne douche et troquent leur costume pour une tenue décontractée. Ils trimbalent leur paquet de six canettes de bière de houblon ou de racines chez les uns ou chez les autres pour partager une ambiance détendue et conviviale. On se rend «chez les gars» ou «chez les filles» et tout le monde se mélange sans distinction sociale. Chacun répond à un prénom et au nom de l'état ou de la ville d'où il est originaire. Par exemple, Bertrand est « Bertrand de France » ou « Bertrand de Paris.» Vu de là-bas, c'est à peu près la même chose.

Les soirées se terminent généralement chez Winston à fumer des joints en tartinant des sandwiches au beurre de cacahouète sur des feuilles de choux, arrosés d'une bonne bière du Colorado. Le vendredi, la fête bat son plein sur le plancher de Bertrand où l'on danse tard dans la nuit, la sono à fond. Quand les flics rendent leur petite visite de courtoisie à ces gosses de riches qui dérangent les voisins, Winston couvre Bertrand pour qu'il n'ait pas de problème avec les services de l'immigration. Quant aux week-ends, le quartier est complètement désert.

Pour lui donner la bonne touche, Faith amène Bertrand dans des boutiques chics de Boston, sur une rue piétonne parallèle à la fameuse avenue du Commonwealth. Petit à petit, Bertrand se rend seul à ses rendez-vous dans l'agglomération, et parfois même jusqu'à une cinquantaine de miles. Faith avance ses faux frais et lui prête sa voiture, mais il est toujours sans ressource. Au bout de deux mois, Stéphanie ne lui envoie plus d'argent. Il grappille sur les frais généraux et mange des hamburgers dans la voiture au lieu d'inviter ses clients au restaurant. Il lui arrive même de dormir dans la voiture en forêt ou de rentrer la nuit en catimini en rapportant des factures ramassées dans les poubelles des motels. Winston lui prête aussi un peu fric, mais Bertrand ne sera bientôt plus en mesure de payer son loyer.

Une semaine sur deux, Bertrand assure la permanence au siège de l'association. Il met de l'ordre dans les dossiers en collant des Post-It partout. L'hiver tombe soudain et la maisonnette est toute la journée à l'ombre du viaduc de l'autoroute. Le vieux climatiseur tourne à fond en faisant un horrible bruit de crécelle.

Un jeudi après-midi, alors qu'il tambourine sur la tour de l'ordinateur poussif de Bobby (parti rendre visite à sa mère dans le Minnesota) une petite voiture « européenne » s'arrête en pétaradant dans l'allée et quelqu'un frappe à la porte. Mince ! C'est la copine de Faith.

- Hééé… Salut, Ruby !

Ils s'embrassent.

- Hello, Bertrand. Alors, ça marche toujours, votre petit business ? Tu te plais à Cambridge ?

- Ma foi, oui.

- Et comment ça se passe, avec Faith ?

- Tout va bien. Pourquoi ?

- Je veux dire : vous couchez ensemble ?

- Ah non, pas du tout ! Le boulot, c'est tout.

- Le boulot ! Tu plaisantes ?

Ruby a le visage gonflé et sa belle chevelure est toute aplatie. Son regard vagabonde et sa bouche se tord d'un vilain rictus. Elle a l'air sombre et amère, au bord de la crise de nerfs.

Bertrand ne l'a pas revue depuis Barcelone. Quand il demande de ses nouvelles à Faith, il n'y a pas moyen d'en tirer quelque chose. Ou plutôt, le message est clair : Ruby ne fait plus partie des meubles. Il a bien pensé à la rechercher mais sans raison valable de le faire, d'autant que Faith est constamment dans ses pattes, prête à rappeler l'interdit. Et voila que Ruby débarque sans prévenir et lui reproche de se comporter comme un lâche. Elle a raison, en fait, parce que depuis son arrivée, Bertrand ne cesse de penser à elle…

- Depuis le temps que tu es ici, tu n'as pas eu envie de me faire un petit bonjour ? Je suis sûre que Faith t'en empêche. Cette pimbêche est malade de jalousie ! Et tu prétends qu'il n'y a rien entre vous ? Laisse-moi rire !

Ruby se crispe de plus belle. Elle serre les poings et déballe tout ce qu'elle a sur le cœur. Elle raconte à Bertrand sa liaison avec Faith pendant plus de deux ans, une relation douloureuse dont elle ne se remet pas.

- Faith est perverse, c'est un être complètement sadique. Elle séduit et réduit sa proie au désespoir. Une véritable mante religieuse. Elle éprouve du plaisir à faire souffrir, à faire du mal.

- Tu exagères peut-être un peu…

- Tu verras ! Elle m'a infligé toutes les humiliations. Je l'aimais et elle m'a trainée dans la boue. Oui, elle me salissait. Elle m'obligeait à coucher avec des hommes. Des gros dégueulasses. Et ça l'excitait comme une mère maquerelle.

- Mais enfin, qu'est-ce que tu racontes ?

- Parfaitement. Elle m'a brouillé avec mes parents, avec mes amis. Elle leur dit des horreurs sur moi.

- Elle ne m'a rien dit de tel…

- Elle m'a fait perdre mon emploi. Elle ne voulait pas que je travaille, que je lui échappe. J'étais brillante à l'école, mais elle prétend que je ne suis qu'une petite sotte, un de ces enfants prodiges qui répètent tout ce qu'on leur dit comme un perroquet. Elle me séquestrait, me bâillonnait, me torturait. Elle me pissait dessus. Elle disait que j'aimais ça, que j'étais vicieuse. D'ailleurs, elle se comportait exactement de la même façon avec son mari. Bruce me l'a avoué un jour. Ils avaient des rapports sadomasochistes si violents qu'il a fini par la quitter.

- C'est très étonnant, ce que tu me dis là.

- Bien sûr. Mais c'est très grave !

Bertrand essaie de la calmer. Il la prend dans ses bras, la cajole. Il l'assied sur le bureau métallique. Elle tremble, les jambes ballantes. Elle est en nage. Elle se tend et se relâche. Ses pupilles sont dilatées.

- Tu as pris quelque chose, Ruby. Tu es droguée ?

- Evidemment, je prends des tranquillisants. Qu'est-ce que tu crois ?

3 – Le supplice de Tantale

Le soleil est revenu aux Garrigues. Stéphanie passe l'après-midi dans le jardin à arracher les mauvaises herbes. Ce matin, Aaron est remonté sur le toit avec tout son attirail de maçon. Stéphanie lui a lancé les vieilles tuiles canal empilées derrière le tas de bois. Les arguments d'Aaron étaient imparables.

- Yohanna me mène la vie dure depuis une semaine. Elle vous a vu monter à l'échelle sous la pluie. Je dois intervenir, c'est un ordre. Et pour nous remercier, vous viendrez dîner demain dans notre forteresse et ferez la conversation en anglais avec la Reine Mère.

Cette petite pique lui a échappé. Stéphanie comprend qu'il la regrette aussitôt. Un instant, il se fige dans une expression de détresse. Et puis, il secoue la tête et retrouve son entrain. Drôle de type… En attendant, il fait du bon travail. Espérons que la toiture résistera à la prochaine pluie !

Stéphanie somnole dans son transat au rythme du ronronnement des rares voitures qui passent sur la route. Elle s'accorde un moment de volupté, les yeux fermés inondés de soleil. Sa rêverie la transporte au camping verdoyant de bambous où son père l'avait amenée, encore gamine, retrouver ses deux sœurs dans l'arrière pays provençal. Ce furent leurs dernières vacances en famille.

Dans la soirée, elle se penche sur les élucubrations formulées en travaux pratiques par ses étudiants autour de la relation de Chasles :

« Soient a et b deux réels de l'intervalle I. Si f une fonction définie sur I et admettant des primitives... »

Bertrand l'appelle vers six heures le lendemain matin. Elle se blottit sous la couette avec le téléphone. Là bas, il est minuit et comme Bertrand est du soir et elle du matin, ça leur convient très bien. Mais la conversation lui laisse un mauvais goût dans la bouche.

- Ecoute : Je t'appelle de chez Ruby. Ne va pas t'imaginer des choses, tu sais qu'elle est lesbienne. Je ne suis pas à la fête ce soir. Elle m'a surprise au bureau cet après midi. Je ne l'avais pas vue depuis mon arrivée. Elle n'est pas dans son état normal : Elle suit un traitement. Elle m'a déballé des horreurs sur Faith, qui l'aurait maltraitée pendant des années. Je l'ai ramenée chez elle en voiture parce qu'elle ne pouvait pas prendre le volant. Elle a perdu connaissance en chemin. Je me suis arrêté dans un dispensaire de quartier. Ils la connaissaient et l'ont questionnée pour lui administrer le bon traitement. Ils m'ont recommandé de ne pas la quitter avant qu'elle s'endorme. Elle a vomi dans la voiture et puis ça allait mieux. J'ai passé la soirée ici à feuilleter des magazines. Elle vit avec son frère mais il est absent pour le moment. Elle m'a montré des photos où elle pose nue avec Faith. Des scènes sado-maso assez choquantes ! Apparemment, Faith est branchée dans le genre. J'avoue qu'elles sont bien foutues toutes les deux. Mais Ruby prétend que ces clichés ont été pris sous la contrainte. La jouissance de l'une et la souffrance de l'autre ne sont pas feintes. Ruby éprouve beaucoup de rancœur et d'amertume.

Et elle dit que Faith n'en a pas fini avec elle : Elle l'empêcherait de reprendre une vie normale en la menaçant de diffuser ces photos. La pauvre Ruby est sous sa botte, elle va se faire piétiner à nouveau. Ils sont fous, ces ricains ! Qu'est-ce que je dois faire ?

- Rien. Ne fais rien !

- Et ce n'est pas tout ! Elle prétend que Faith se comporte exactement de la même manière avec moi.

- Ah bon ? Nous voilà bien…

- Je ne veux pas dire sexuellement, rassure toi ! Mais je ne serai jamais payé et Faith me réduira à sa merci.

- Oui mais toi, mon grand, tu sauras te défendre… Ecoute, tu m'emmerdes avec tes histoires. Je me demande ce que tu essaies de me faire comprendre.

- Mais rien du tout. Enfin, si : Je n'ai plus aucune ressource…

- Ah, nous y voila ! Tu as vidé mon compte-épargne. Alors, comme une bonne poire, j'ai fait appel à ton frère.

- Quoi ? Oh, ce n'est pas vrai ! Tu ne lui as tout de même pas dit que nous n'avions plus d'argent ?

- J'allais me gêner, peut-être… Je te rappelle que c'est toi qui as besoin d'argent. Et il t'en a envoyé. J'ai mis le chèque à la banque et te ferai un virement demain.

- Sacré Guillaume ! Il doit jubiler.

- Ah, voila comment tu prends les choses ! Vous êtes incroyables, tous les deux. Il n'y en a pas un pour racheter l'autre… Il m'a fait jurer de ne pas te dire que ça venait de lui. Enfin, si ça peut te rassurer, officiellement, vous êtes toujours fâchés, d'accord ? Mais quand arrêterez-vous ces enfantillages…

- Mais c'est lui qui…

- Comme c'est émouvant. Un vrai petit couple de tantouzes qui se chamaille. En attendant, débrouille-toi avec tes deux cinglées !

Ruby est réveillée, elle a pris une douche et attend gentiment dans l'entrée que Bertrand raccroche. Elle porte une nuisette transparente qui lui arrive au ras des fesses. Elle s'approche en minaudant, les pieds nus sur la moquette.

- A qui tu parlais ?

- A Stéphanie.

- Tu lui as tout raconté sur moi, bien sûr…

- Ecoute, je lui ai dis que tu étais déprimée et que tu avais besoin qu'on s'occupe de toi.

- Oh oui, c'est vrai ! Je déconne complètement en ce moment. Ryan ne me supporte plus. Il s'est réfugié dans sa cabane au bord du lac Michigan pour tirer les canards. Mon super-frangin protecteur voudrait que je me débrouille seule. Mais puisque tu es là…

Ils vont boire un verre d'eau à la cuisine. Elle lui demande s'il a toujours fait l'amour avec des femmes et si on tolère les homosexuels dans son pays.

- A la télé, les journalistes montrent les persécutions et les sévices corporels qu'on leur inflige. Faith a réuni une documentation là dessus.

Ruby déballe tout un galimatias sur les violences sexuelles perpétrées à travers le monde. Les femmes adultères qu'on lapide à mort en Arabie. Les africains qui cousent la vulve des jeunes filles pour mieux les déchirer ensuite avec leurs grosses bites, etc…

Bertrand lui explique qu'elle mélange tout. Il faut tenir compte des tabous culturels et religieux. Ah ! La religion… Ruby clame soudain sa foi chrétienne et s'enflamme en défendant la virginité avant le mariage.

- Il ne doit pas y avoir de coït. C'est comme ça que l'on conçoit le mariage aux Etats-Unis et dans tous les pays civilisés. Si on est amoureux, on peut se donner du plaisir en pratiquant la fellation ou en caressant le clitoris, mais pas de relation sexuelle. La pénétration vaginale est réservée à la procréation ! C'est pour cette raison que l'homosexualité n'est pas un péché…

Bertrand est tout troublé. Le discours de Ruby est une invitation au plaisir. Sa tenue légère, son affectation, ses regards mouillés et ses théories sont équivoques. Il fait près de trente degrés dans l'appartement mais elle frissonne. Elle demande à Bertrand de la mettre au lit.

- Tu vas me raconter un conte des mille et une nuits pour m'endormir. Tu es un garçon très doux et je me sens bien avec toi.

Ruby effleure son poignet pour qu'il la suive. Elle s'engage dans le couloir. L'éclairage indirect des corniches rend irréelle sa chevelure brune qui flotte au rythme de ses pas. Elle progresse lentement avec le déhanchement d'une nageuse. Sa chemise de nuit volète au dessus des reins. Bertrand a du mal à se contenir. Ruby le prend par la main et l'invite à entrer dans la chambre. Elle se frotte à lui pour refermer la porte, tire habilement le bout de sa ceinture et se met à le déshabiller.

Bertrand s'assied au bord du lit, hébété. Ruby s'allonge sur le ventre, la tête tournée vers la fenêtre. Elle passe le dos de la main sur sa cuisse. Lentement, timidement, Bertrand l'effleure à son tour, caresse son corps diaphane, fait courir ses doigts sur le dos de Ruby, puis des épaules à la plante des pieds. Elle commence à se détendre. Il croit qu'elle va s'endormir. Il se penche sur elle et pose délicatement un baiser sur sa nuque, entre ses mèches de cheveux en bataille. Ruby respire plus fort. Elle se tourne vers lui et sourit. Comme il fait mine de reculer, d'un mouvement brusque des reins, elle enserre le cou de Bertrand entre ses jambes et se tortille sur le lit pour l'attirer à elle. Ses longues cuisses blanches dévoilent le triangle bouclé de son pubis. Son corps nu exhale un parfum délicieux. Elle baisse le slip de Bertrand et caresse son sexe. Il bande et gémit. Elle le libère, le regarde attentivement, semble hésiter et finit par s'enduire l'anus d'une crème posée sur la table de nuit. Elle se met à quatre pattes sur le lit et conduit le sexe de Bertrand dans son beau cul qui s'ouvre. Il la pénètre. Elle se frotte avec frénésie et émet des petits jappements aigus. Il décharge en elle à en perdre haleine. Il la désirait tant, depuis si longtemps…

Dans la nuit, Bertrand rêve de Stéphanie : « Débrouille-toi avec tes cinglées. » Elle est assise dans le salon de Ruby et lui montre les photos punaisées au mur. Sur l'une d'elles, Ruby et son frère Ryan se tiennent par la main. Ils ont des mines radieuses : « Toi et ton frère, un vrai petit couple de tantouses. » Il se réveille au petit matin, mais Ruby n'est pas là. Il la retrouve toute habillée sur le canapé du salon. Sa pose est figée, le nez en l'air et la bouche ouverte. Quand elle se tourne vers lui, son regard s'illumine.

- Salut Bertrand, tu as bien dormi ?

- Oui merci et toi ?

- Alors, c'était bien ?

- Très bien.

- C'est la première fois que je jouis avec un homme. Je n'aime pas l'idée qu'ils me baisent et il valait mieux le faire de cette façon. On ne risque pas d'avoir un bébé, comme ça. Ne t'imagine pas que c'est mon truc : J'ai improvisé pour toi, mon chéri. Tu devais bien la mettre quelque part, non ? Tu sais, quand tu prenais ton plaisir, je n'arrêtais pas de répéter ton drôle de prénom : Bertrand, Bertrand, Bertrand !

- C'était comme dans un rêve. Tout mon être était en toi…

- Tu vois ? Je savais bien que tu n'étais pas amoureux de Faith ! Mets tes fringues. On va prendre le petit déjeuner « Au Coin. » Les livreurs de lait en chieront dans leurs bottes de nous voir si heureux !

Depuis le temps qu'ils sont voisins, les Riley et les Cuvier ne s'étaient jamais fréquentés. Stéphanie pénètre pour la première fois dans le donjon britannique. L'intérieur est raffiné, le mobilier de style Régence. Yohanna prépare un diner typiquement anglais. Elle porte ses plus beaux bijoux. La soirée est agréable, Aaron ne force pas sur la boisson. Pendant une vingtaine d'années, il était courtier en assurances dans le milieu des affaires, à la City de Londres. Yohanna était professeur de littérature. Ils ont tout abandonné vers la cinquantaine, se croyant assez riches pour mener une vie oisive. C'était un pari risqué, basé sur des placements financiers. Au début, ils vivaient moitié à Londres, moitié au « château des Garrigues, » mais ils ont dû rapidement abandonner leur grand appartement au bord de la Tamise. Yohanna avait démissionné de son poste dans l'enseignement et ils ne pouvaient plus faire machine arrière. Elle avait publié un bouquin dans sa jeunesse et voulait se consacrer à l'écriture. Mais elle est tombée gravement malade et n'a plus eu la force de rien faire.

- L'air méditerranéen m'a rétablie, mais l'envie d'écrire m'avait quittée. Mon succès littéraire s'appelle « Le Supplice de Tantale. » Il se trouve que, dans une certaine mesure, le mythe est devenu pour nous réalité. En tant qu'helléniste, j'ai fait ma thèse sur le sujet et il ne m'a plus quittée. A l'époque, je voulais vivre en Grèce, mais une sorte de pressentiment nous en a dissuadés. Nous y avons tout de même séjourné plusieurs années.

Yohanna, encouragée par Stéphanie, tente d'expliquer son travail :

- Toute la richesse des mythologies tient à ce que l'on trouve de multiples variantes de ces traditions orales selon les époques et les régions qu'elles ont traversé. Leur portée symbolique prend de multiples visages. La légende de Tantale est complexe. Elle comporte de nombreux « tiroirs. » Une histoire à tiroirs est une histoire qui contient d'autres histoires et quand vous passez de l'une à l'autre, vous pouvez aussi bien vous retrouver dans le premier tiroir. Le temps est cyclique au royaume des dieux. Les aventures des personnages sont interconnectées et elles s'enchainent sans aucune logique chronologique, un peu comme dans l'inconscient freudien. Ces récits se sont enrichis au cours des siècles et ont acquis une véritable dimension universelle. Les déchiffrer tient à la fois du puzzle, du rébus, du jeu de piste ou d'un processus divinatoire. C'est votre propre démarche intellectuelle qui leur donne un sens. Vous pouvez les interpréter comme un thème astrologique. Selon votre degré d'initiation, votre « savoir » s'élargit à de multiples niveaux grâce aux péripéties infinies des récits annexes.

Aaron prend le bouquin sur les étagères comme pour porter secours à Yohanna :

- On ne va rien vous épargner… Voici le résumé des chapitres. C'est le fil conducteur de la légende de Tantale :

- Pandarée vole le chien d'or dans le temple de Zeus et le confie à Tantale, fils de Zeus.
- C'était le chien qui gardait la chèvre de Zeus quand il était lui-même enfant.
- Tantale fait le serment à Hermes, gardien du temple, qu'il n'a jamais reçu le chien des mains de Pandarée.
- Pandarée s'enfuit avec sa femme, mais Zeus, pour le punir, le transforme en pierre.
- Les dieux de l'Olympe invitent Tantale à leur table pour honorer sa probité.
- Tantale vole alors l'Ambroise, nourriture des dieux, pour la donner aux mortels.
- Les dieux le punissent à son tour, en lui interdisant l'accès à l'Olympe.
- Pour se venger, Tantale prétend se faire pardonner en invitant les dieux à un banquet où il leur donne à manger de la chair humaine : Son propre fils Pélops en ragoût.

- Seule Demeter avale un morceau d'épaule, distraite par le chagrin dû à la mort récente de sa fille.
- Zeus demande à Hermès de ramener l'enfant des enfers pour qu'il prenne la place de son père Tantale dans l'Olympe et de remplacer son épaule meurtrie par une pièce en ivoire.
- Les dieux condamnent Tantale à un triple supplice : Il est attaché au milieu du fleuve, à proximité d'arbres fruitiers, avec un énorme rocher en équilibre au dessus de la tête. Le fleuve s'assèche quand il se penche pour boire. Le vent éloigne les branches quand il tend la main vers les fruits. Une angoisse mortelle l'étreint à l'idée que le rocher ne l'écrase.

A priori, tout ceci n'est pas très clair et je vous défie d'y trouver un sens… Pourtant, la mythologie grecque est un enseignement sur la condition humaine et sur la conscience que l'homme a de sa propre existence : Elle nous explique comment il pense et pourquoi il agit.

Yohanna rit du ton pontifiant d'Aaron. Elle s'empare à son tour de l'ouvrage et le dépose sur les genoux de Stéphanie. Elle se veut plus rassurante :

- Mon roman raconte l'histoire d'un couple d'archéologues plongé dans l'aventure de Tantale au point d'y trouver la formulation de son propre destin. Et je dois dire que c'est un peu ce qui nous est arrivé, à nous aussi ! Lisez-le…

Après cette dernière tirade, Yohanna se referme. Elle n'en dira pas plus, mais Stéphanie feuillette déjà le livre de poche Penguin avec appétit.

- Merci Yohanna. Je crois que ça va beaucoup me plaire !

4 – Le royaume d'Eigendom

Bertrand ramène Ruby au Council pour qu'elle récupère sa voiture. Faith est déjà sur place. Elle a reconnu la Hyundai de sa petite amie et guette par la fenêtre le retour des tourtereaux. Dès que Ruby l'aperçoit, elle reprend sa mine d'enfant battu, se met au volant et disparait sans dire un mot.

- Ruby est passée hier soir au bureau et j'ai préféré la reconduire moi-même à Malden. Elle n'était vraiment pas dans son assiette.

Faith pince les lèvres sans demander plus de détail.

- Nous sommes brouillées en ce moment. Ruby a beaucoup apprécié notre voyage en Europe. Elle aurait aimé y rester plus longtemps. Son grand père était le pasteur de Grieskirchen, dans la petite ville de Maiden, en Autriche. De Maiden à Malden où elle habite actuellement, il n'y a qu'un pas. Il n'existe aucun lien historique, mais Ruby attache à cette homophonie une valeur symbolique. A chacun son petit jardin secret ! Avant de vous rejoindre à Barcelone, nous avons accompagné Lisa Chudlovsky à Vienne. Les autrichiens l'ont reçue comme un chef d'état. Ils éprouvent un terrible sentiment de culpabilité envers les rescapés de la Shoah ! Enfin… Ils ont surtout du mal à regarder le nazisme en face et en font beaucoup trop pour être honnêtes quand ils reçoivent une personnalité de ce genre.

Vienne est une cité désuète et romantique. Elle a conservé le faste de l'Empire austro-hongrois. Le beau Danube bleu, les grands cafés 1900 où l'on peut consulter la presse étrangère, le petit vin blanc de Grinzing… Nous avons visité l'appartement du 19 Berggrasse, où Sigmund Freud recevait ses patients. Une vieille dame pleine de fatuité nous y a reçus. Pas un mot sur l'antisémitisme qui a chassé le père de la psychanalyse en Angleterre. Elle nous a montré des gravures de la mythologie grecque et sorti des tiroirs les statuettes africaines qu'il collectionnait comme un péché mignon. Lisa s'est allongée avec beaucoup de dévotion sur le fameux divan et des larmes ont coulé de ses joues. La dame s'en est aperçue et a laissé sécher le napperon sur une chaise en partant. Ruby était très impressionnée. Vous autres, européens, avez gardé la mémoire de vos origines. Mais moi, par exemple, je ne sais même pas si je descends d'une prostituée débarquée au Texas, arrivée d'on ne sait où.

Bertrand hoche pensivement la tête.

– Moi non plus. Enfin, je n'ai pas connu mon père. Ma mère nous a élevés seule, avec mon frère jumeau. Elle craignait tellement qu'au nom du père absent, nous nous liguons contre elle, qu'elle nous inscrivait dans des écoles différentes. Un jour, alors que nous avions douze ans, nous avons reçu deux lettres des Pays-Bas, chacune adressée à nos prénoms respectifs. Notre père avait un oncle hollandais décédé sans enfants et nous héritions chacun du quantième d'une parcelle située quelque part dans les polders, au lieu dit d'Eigendom. Ce sont des terres gagnées sous le niveau de la mer grâce à des digues et des moulins à vent. Nous gardions précieusement ces documents cadastraux et quand il y avait de l'eau dans le gaz avec notre mère, nous tenions des réunions secrètes pour gouverner notre Royaume d'Eigendom. Nous élaborions des plans, tracions des routes, dessinions les façades de nos prestigieux manoirs. Notre mère avait droit à une petite chaumière en rez-de-chaussée et, je ne sais pas pourquoi, elle était toujours gardée par un grand chien noir, alors que nous n'avons jamais eu de chien à la maison !

- Tu as peur des chiens ?

- Non, pas de tout. Nous avons adopté un caniche avec Stéphanie. Elle les adore, mais c'est le drame quand ils meurent.

- Je ne voulais pas être indiscrète, mais il me vient une idée. Je te mets dans l'embarras avec cette carte verte qui n'arrive toujours pas. Nous ne pouvons pas encore te donner de salaire, ce serait considéré comme du travail au noir. Je vais bien entendu continuer à t'avancer de l'argent.

- Ça m'ennuie beaucoup.

- Je voulais te proposer de loger chez moi.

- Il n'en est pas question. J'arriverai bien à payer mon loyer.

- Je me suis mal exprimée ! Il ne s'agit pas de mon condominium, mais d'une grande maison située dans le New Hampshire, à quarante miles d'ici par l'autoroute. Je n'ai jamais le temps d'y aller et j'ai là-bas deux chiens qui appartenaient à mon mari. Je suis obligée de verser une pension alimentaire à un voisin pour qu'il s'en occupe. Vraiment, ça me rendrait service que tu veuilles bien t'y installer.

- Je ne sais pas.

- Ecoute, j'y vais le week-end prochain. Tu pourrais simplement jeter un coup d'œil et décider si ça te plait. C'est un très bel endroit au milieu des forêts et des lacs. Un peu comme au Royaume d'Eigendom ! Je demanderais bien à Ruby de nous accompagner, mais en l'état actuel des choses, elle m'enverrait promener. Veux-tu te charger de la convaincre ?

Le fourgon Mercedes bleu marine d'Aaron Riley file tranquillement sur l'A75 en direction de Montpellier. Le moteur diésel est vraiment très silencieux. Aaron l'a insonorisé à l'époque où, avec Yohanna, ils faisaient la navette quatre à cinq fois par an entre la France et l'Angleterre. L'intérieur est équipé pour le camping et ils tiraient derrière une grosse remorque avec toutes leurs affaires. Petit à petit, ils avaient assuré eux-mêmes le déménagement vers le hameau des Garrigues. Quand Yohanna souffrait de son cancer du sein, elle dormait à l'arrière sur la couchette. Aaron restait au volant douze heures d'affilée sans faire de pause. Ça ne le gênait pas : Il adore conduire. Ils ont beaucoup voyagé en Europe, et particulièrement en Grèce, bien sûr. Ils y passaient plusieurs mois par an avant de s'installer en France. Ils se débrouillaient très bien tous les deux en grec moderne. Aaron profitait de ses séjours là-bas pour décrocher de gros contrats. C'était avant la crise. Il lui arrivait de verser et de toucher de gros pots de vin et ses patrons de la City fermaient les yeux sur ses pratiques. De riches armateurs les invitaient sur leurs yachts. Aaron se faisait passer pour un

Lord, Yohanna était une femme superbe et ils se donnaient du bon temps.

Stéphanie est bien calée sur le « siège Pullman, » coté passager. Elle apprécie les anecdotes et les traits d'esprit d'Aaron. Tour à tour, il prend l'accent cockney ou parle en petit nègre anglo-grec, émaillé d'expressions du patois méridional. De temps en temps, il pointe le coude vers Stéphanie, effleure son épaule ou lui claque le dos de la main. Elle ne se rétracte pas. Elle le relance, même. Elle éclate de rire et le taquine. Elle est venue avec lui parce que sa voiture est encore en révision au garage de Cazeneuve. Aaron a proposé de faire le chauffeur. Il doit s'approvisionner dans les grandes surfaces de bricolage et la dépose devant le portail de la fac. A midi pile, il revient la chercher.

- Ma petite Stéphanie, je vous emmène déjeuner comme promis. Oh non ! Pas au troquet d'en face ! Je vous ai préparé un programme royal…

- Ha ha ha ! Vous m'amenez au palais de vos rêves ?

- Ne vous inquiétez pas pour ça. J'ai réservé une table gastronomique à deux pas d'ici !

- Aaron, vous n'êtes pas raisonnable.

- Pour une fois qu'on sort de notre trou !

Le Domaine de Verts Champs est un établissement de luxe aménagé dans un superbe mas entouré de vignes, au sommet d'une colline dominant Montpellier. Piscine couverte, jacuzzi, chef réputé en cuisine.

- Je ne savais pas que ce genre d'endroit existait dans le coin. Cinq étoiles ?

- J'en ai fait ajouter une pour vous.

- Vous n'auriez pas une petite idée derrière la tête ?

- Si, bien sur ! D'autant que vous êtes déchainée, aujourd'hui… C'est parfait ! Commençons par nous restaurer dignement, si vous voulez bien.

Stéphanie comprend pourquoi il s'est mis sur son trente et un. Le costume-cravate n'était pas destiné à manipuler des gaines électriques. Elle est flattée de tout le mal qu'il se donne pour elle. Elle se dit qu'elle n'a jamais été courtisée par un véritable gentleman. Le cadre luxueux, la finesse des plats, la déférence du personnel et l'élégance de leurs voisins de table la grisent autant que les grands crus. Aaron lui raconte des anecdotes personnelles savoureuses sur les milliardaires et les starlettes de cinéma qu'il a côtoyés. Il plastronne avec classe quand il n'a pas les mains dans le mortier. Un personnage haut en couleurs ! Stéphanie rit de bon cœur, si merveilleusement détendue après ces longs mois de galère et de solitude. Tout un gratin épie à l'envie ce couple d'habitués anglais. A leur arrivée, avec quelle assurance il a demandé au maitre d'hôtel de l'appeler Monsieur Riley ! Quel culot ! Et ça marche, ça marche très bien sur elle : Elle se prête à ce divertissement avec complicité. Elle imagine qu'Aaron était un redoutable homme d'affaires : Il se plie aux caprices de ses interlocuteurs mais arrive à ses fins avec une longueur d'avance. Il est d'une surprenante réceptivité au désir de l'autre. Il ne devrait pas faire un si mauvais amant… Stéphanie rougit à cette idée. Mais pourquoi laisser passer une si belle occasion ? Bertrand s'en est-il vraiment privé ? Et voilà ! Il a encore lu dans ses pensées comme dans un livre ouvert. Il la mène par le bout du nez. Il comprend que c'est le moment ou jamais :

- Si nous allions nous refaire une beauté, très chère ? Je serais curieux de découvrir ces luxueux appartements, pas vous ? Et puis, l'affectation des gens qui nous entourent est assommante.

Stéphanie se lève sans faire appel à sa propre volonté et le suit en ricanant. Mais qu'a-t-il donc en tête ? Dans le hall, il intercepte son regard inquiet vers la sortie. Du bout des doigts, il la conduit à la réception de l'hôtel. Comme dans un menuet, le cavalier tient haut la main de sa belle. La réceptionniste se glisse déjà derrière le comptoir. Aaron a certainement envoyé un signal implicite à ce personnel diligent.

- Pourriez-vous nous montrer votre plus belle chambre, je vous prie ?

- Voulez-vous faire monter vos bagages ?

- Nous nous occuperons de cela plus tard. Voyons d'abord ce que vous nous proposez.

- Mais que faites-vous, Aaron ?

Aaron glisse un billet de cinq cent euros dans son passeport et signe la dernière case blanche du registre de police. La jeune employée est sous sa coupe, elle décroche un énorme porte-clés en laiton doré.

- Suite Régence, vue sur le Parc, accès direct à la piscine.

- C'est parfait.

Une soubrette en mini-jupe et tablier brodé les accompagne au bout du couloir. Aaron la congédie sitôt la chambre ouverte et pousse Stéphanie à l'intérieur. Le décor est flamboyant, de style Rococo-Design. Un énorme lit à baldaquin trône au milieu de la pièce, avec voilages et falbalas. Stéphanie est estomaquée par la tournure que prennent les évènements. Elle veut réagir, lance les avant-bras sur Aaron pour se défendre, mais il la chatouille aux aisselles avec un rire narquois. Ce n'était pas très malin ! Le geste se retourne contre elle, il semble qu'elle se soit jetée sur lui. Elle se livre et Aaron jubile :

- On s'amuse bien, vous ne trouvez pas ?

Il la caresse partout, embrasse son cou avec voracité et glisse une main entre ses cuisses. Elle ne sait plus où elle en est et réagit mollement.

- Stéphanie, laissez-vous faire : Vous en avez envie, je le sais ! Nous sommes deux collégiens défiant le bourgeois. La seule chose que je veux, c'est vous donner du plaisir. Je suis sexuellement dingue de vous. Profitons-en : Tout cela n'est pas sérieux et ne va pas durer. Pour une fois, faisons une bêtise...

Ils se déshabillent mutuellement, gambadent sur le lit en jouant à chat perché. Aaron se précipite sur elle et mange ses seins. Stéphanie le chevauche et écrase son sexe. Aaron l'empoigne, laboure ses fesses. Ils crient tous les deux comme dans une cour d'école. Aaron écarte ses jambes et la dévore. Elle gémit, il caresse sa vulve et susurre à son oreille des onomatopées grecques. Il s'allonge sur le dos, la maintenant fermement par les hanches, la dresse sur lui et l'empale. La voix de Stéphanie se fait rauque. Ils jouissent et s'écroulent, épuisés, incrédules. Aaron transpire et souffle bruyamment. Son visage est écarlate.

- Ca va ? Tu te sens bien ?

- Oui, oh oui… Depuis le temps que je rêvais de te prendre nue et d'embrasser tes jolis seins !

- Allons, Monsieur Riley : Vous êtes un drôle de type.

- Nous sommes ainsi, foutus anglais. Nous brûlons tous d'attraper la Pucelle d'Orléans.

- Je suis de Tours.

- Je ne suis pas tombé loin.

5 – Les sorcières de Salem

Bertrand souffre d'insomnie depuis quelques jours. Il s'est levé tôt ce matin et rejoint le peloton des coureurs à pied sur le quai du Charlesgate Yacht Club. Ah ! L'air du grand large ! Il n'est pas pressé de retourner bosser et décide, soudain regonflé à bloc, de rendre visite à sa petite amie. Il s'engage dans le McGrath Highway et se fond dans la masse des conducteurs raisonnables qui vont au boulot le cœur tranquille. Il traverse la scintillante Mystic River par le Wellington Bridge et s'arrête pour prendre le petit déjeuner dans un Dunkin Donuts où des camionneurs s'empiffrent de sucreries en vidant des carafes entières de café au jus de chaussettes. Il repart sur l'avenue du Middlesex, (!) et le voici de retour sur les plates-bandes fleuries de la Résidence de Malden Park Place. Le soleil levant illumine la brique rouge et les balcons blancs de la façade. Quelques voitures dorment encore sur le parking, dont la Hyundai cabossée de Ruby. La porte de l'immeuble est grande ouverte, le carrelage humide sent le désinfectant. Bertrand s'immobilise un moment sur le palier du troisième étage. Il écoute les bruits étouffés de vaisselle qui traversent les portes palières avant de frapper. Ruby ouvre immédiatement et se jette à son cou, toute guillerette. Depuis trois jours, il rêve de la scène en bandant comme un malade et voila que ça se produit vraiment !

- Ah, Bertrand ! Merci d'être venu. Enfin ! Je me demandais si tu allais me donner de tes nouvelles.

Ils s'embrassent affectueusement. Elle le regarde avec des yeux de merlan frit, fait des pirouettes, se plie en deux et se dandine pour qu'il l'empoigne par le derrière.

- Caresse ta Ruby ! Ruby est une gentille petite chienne, tu sais ?

- Hé là…

Bertrand la redresse et la serre encore contre lui. Elle le repousse en éclatant de rire. Elle ne veut pas se laisser embrasser. Il la hisse comme un sac sur son épaule et la balance au milieu du canapé. Ils s'asseyent et continuent à chahuter. Mais avant toute chose, il doit lui faire part de l'invitation de Faith. Et là, bigre ! Le ton change. Non, elle ne retournera pas dans cette maison de dingues. Pour un comble, c'est un comble ! Il voudrait la remettre entre les griffes du Grominet alors qu'elle vient tout juste de lui échapper ! Il n'a pas compris que cette sorcière le prendra aussi dans ses filets ? Ruby est furieuse et Bertrand esquive de justesse un joli coup de poing dans la figure.

- Réveille-toi, Bertrand ! Tu ne vois pas comme elle est maligne ? Tu ne crois pas qu'elle a compris notre petit jeu ?

- Si, si, Ruby. J'en ai bien conscience. Et j'aimerais tirer cette affaire au clair.

- Tu n'en tireras rien. C'est elle qui rendra les choses très claires. Car si tu te mets en travers de sa route, elle te fera reconduire à la frontière. Elle veut t'emmener à Salem avec moi pour mieux nous détruire.

- Mais je n'ai pas dit que j'allais y rester ! Accompagne-moi ce week-end : A nous deux, nous trouverons le moyen de nous défendre…

- Tu vois comme elle te fait peur ! Ha là, là, mon chéri, tu sais bien que je ferai tout pour toi… mais ne va pas te plaindre après.

Son humeur câline et espiègle la reprend. C'est reparti pour une séance sur le divan. Ruby porte un pyjama gris clair avec un petit lapin blanc brodé dans un grand cœur rose. Bertrand l'attrape et la met sur le dos. Il se vautre sur elle et l'embrasse sur la bouche. Elle résiste et crache. Elle n'aime pas le baiser français. Cette fois-ci, il est décidé à la baiser dans la position du missionnaire. Il l'entrave fermement, baisse sa culotte et la pénètre sans autre forme de procès. Il gronde comme un fauve, jouit en elle et lèche les larmes qui coulent sur son visage.

Ruby est au désespoir d'une jeune fille déflorée. Bertrand n'aurait pas le cœur de la planter là… Il la pousse dans la salle de bains et l'épie sous la douche. Elle se détourne et sanglote encore. Il l'aide à s'habiller et la traine dehors. Dans la rue, il la saisit par la taille et lui dit qu'il l'aime. Elle baisse la tête pour ne pas lui faire face. Ils s'immobilisent au milieu du trottoir. Puis ils restent longtemps assis côte à côte sur le rebord d'une devanture de magasin à regarder passer les voitures. Le monde entier est indifférent à leur détresse. Ils ne savent plus quoi faire pour résoudre le problème. Ils entrent finalement dans un restaurant italien désert, mastiquent en silence une assiette de charcuterie et clignent des yeux sur la nappe à carreaux rouge et blanc.

Winston secoue Bertrand. Il le traite de fils de pute, comme d'habitude. Dans son cauchemar, Bertrand est accusé de pratiques sataniques sur des jeunes filles nubiles et on le traine, pieds et poings liés, sur le bucher.

- Réveille-toi ! Tes poulettes viennent te chercher !

Ruby est tassée à l'arrière de la voiture. Elle a son air bougon des mauvais jours. Elle porte sous son pullover une robe blanche qui n'est plus de saison. Ses cheveux sont parés d'un diadème de fleurs comme une jeune mariée. Bertrand ouvre la portière et pose un baiser sur son front. Mais Faith trépigne au volant. Elle tend la main vers la portière avant pour qu'il monte à côté d'elle.

- Hé bien, tu en as mis du temps !

- Le temps de ramasser mes affaires. Quelle heure est-il ?

- J'ai décidé de partir plus tôt. Il y a du trafic sur la route.

- Je rêvais qu'on me brulait sur le bucher.

- Tu es vraiment très impressionnable. Mais ce n'est pas à ce Salem là que nous allons, mon garçon !

- Pourquoi tu dis ça ?

- A cause de ton histoire de bucher, j'imagine. Freud disait : « *Il faut bien que la sorcière s'en mêle.* » Il y a toujours autant de thèses de doctorat sur le sujet, à Cambridge. Le procès des sorcières de Salem est diversement interprété. Depuis quelque années, on fait porter le chapeau aux amérindiens. La tension des flux migratoires et les enjeux géostratégiques entre communautés, je suppose…

Les pâtés de maisons défilent à travers le pare-brise et la voix suave de Faith hypnotise Bertrand, encore à moitié endormi.

- C'était au temps des tout premiers colons. La vie était dure et les conflits violents avec les indiens Wampanoags. Beaucoup d'adolescentes fragiles pétaient les plombs. Ne sachant comment les soigner, certains pasteurs prétendaient qu'elles étaient envoutées et la chasse aux sorcières a commencé. Tout le monde y passait sur une simple dénonciation. Surtout des femmes, évidemment. Vingt cinq personnes furent pendues au terme d'une longue vague d'arrestations. Finalement, dans un sursaut de lucidité des autorités, l'affaire a été classée.

Le viaduc de l'autoroute survole l'agglomération. Ruby a le nez et l'esprit collés à la vitre. Bertrand se penche en avant mais Faith ne le laisse pas poser sa question.

- Cet épisode fameux est emblématique de l'histoire des Etats Unis d'Amérique. D'abord comme le symbole de la lutte contre l'obscurantisme et le puritanisme. Et puis de manière plus générale, pour exhorter au respect de l'autre et de sa différence. Les droits des noirs, l'émancipation des femmes, la maltraitance des enfants… Tout y est passé. Pendant la période hippie, on mit en cause la moisissure de l'ergot de seigle, une substance hallucinogène qui aurait provoqué ces comportements délirants. Aujourd'hui, en plus du tourisme, la légende favorise nombre d'occultismes et de médecines parallèles qui font la fortune de Salem.

La voiture s'enfonce dans la forêt. Faith arrive au terme de son propos :

- La thèse amérindienne est soutenue par les historiens de l'« école des Annales. » Ils prennent en considération l'étude du milieu et des populations : Beaucoup d'immigrés fuyaient les persécutions religieuses en Europe. Quand les colons ont débarqué dans la région, les Wampanoags étaient un peuple sédentaire de cultivateurs et de pêcheurs. Ils aidaient les nouveaux venus à s'installer, leur offraient de la nourriture, les initiaient à la culture vivrière et à la pêche en rivière. Tout allait pour le mieux dans le meilleur des mondes au milieu de cette belle nature. Mais les pasteurs anglicans préféraient remercier Dieu que les amérindiens. Et puis les européens arrivèrent toujours plus nombreux, s'emparant de nouvelles terres et détruisant les forêts. Sous la pression, les bonnes relations ont vite mal tourné. Il y eut de terribles massacres. Les indiens étaient brulés vifs dans leurs villages et ripostaient avec la même cruauté. Mais tout le monde n'acceptait pas cette politique de la terre brulée, d'autant que certains colons conservaient des relations privilégiées avec les amérindiens. Beaucoup avaient adopté leur mode de vie et jusqu'à certaines pratiques animistes. Cette déviance païenne était intolérable aux yeux des autorités religieuses, qui instrumentalisèrent les tensions sociales. Des recherches minutieuses ont établi que la plupart des personnes arrêtées avaient eu, eux même ou leurs proches, des rapports intimes avec les Wampanoags et que beaucoup de ces prétendues pratiques de sorcellerie venaient de la culture amérindienne.

- Vous avez occulté ces réalités pendant trois siècles mais votre mauvaise conscience les fait ressurgir.

- Oui, Bertrand. Si tu veux… Tu sais que Ruby a du sang indien ?

- Je suis lesbienne, indienne, magicienne et vous brulerez tous en enfer !

Le paysage devient de plus en plus sauvage. Nos amis traversent des futaies vallonnées et des lacs scintillent à travers les troncs des grands arbres. En Amérique, la signalisation routière indique seulement le numéro de la voie et sa direction. Ainsi Faith roule sur l'Interstate 93 Nord. Rien ne signale, comme en Europe, votre destination. Aussi Bertrand est-il étonné quand Faith annonce leur arrivée en ralentissant devant l'écriteau enluminé : « Bienvenue à Salem. »

- Ah, mais je n'avais pas compris que ta maison était à Salem !

- Sans blague ! En fait, nous ne sommes pas au Salem des sorcières dans le Massachusetts, mais à Salem, New Hampshire. Je ne te l'avais pas dit ?

Ruby se marre à l'arrière :

- Le Salem des sorcières n'est plus qu'un piège à touristes. Ici, tu trouveras un Salem authentique, avec de vraies sorcières…

A Montpellier, on invoque aussi des forces du mal. Stéphanie sort du bar-frigo des sodas et une flasque de whisky. Aaron en avale une lampée et retourne s'allonger sur le lit à baldaquin du Domaine des Verts Champs. Stéphanie prend une douche brulante. Puis, emmaillotée dans un grand drap de bain moelleux, elle suggère à Aaron de se purifier à son tour.

- J'arrive !

- Mais rien ne presse. Après tes prouesses, tu as droit au repos du guerrier. Profitons encore de ce luxe avant de retourner dans nos cavernes.

Elle sort de son sac le livre de Yohanna et retrouve un passage qu'elle avait surligné au feutre jaune.

- J'ai été maladroite l'autre jour, à propos du Vase de Tantale. Yohanna évoque laborieusement ce principe sans expliquer pourquoi un plan d'eau relié à un siphon naturel se remplit et se vide indéfiniment. J'ai l'esprit scientifique et insistais sur la théorie des vases communiquant, alors qu'elle en faisait plutôt une figure de style. Finalement, devant mon entêtement, elle n'a pas pu éclairer ma lanterne...

- Tu sais, elle était très jeune quand elle a écrit ce bouquin, et elle préfère sans doute garder le secret de certaines métaphores personnelles. Mais je peux bien te dire ce que ce passage m'inspire : Yohanna a la phobie des siphons de baignoire et je crois qu'elle tentait de l'exorciser.

- Là où je voyais le principe du courant alternatif, elle exprimait simplement son angoisse devant un phénomène naturel. Je comprends mieux le ton chaotique de ce passage. C'est comme le chapitre sur le petit garçon accidenté qu'on essaie de sauver en lui implantant un bras artificiel. Le parallèle avec la légende d'Hermès ramenant des enfers le fils de Tantale et remplaçant son épaule par un morceau d'ivoire est saisissant. On sent vraiment du vécu, elle y met tant d'émotion !

- Bingo ! Nous n'avons pas eu le courage de te chagriner avec cet épisode de notre vie. Yohanna avait beaucoup travaillé ce passage bouleversant, en employant des effets de langage pour faire monter la tension à ce point du récit. Elle en était très fière, et c'est bien ce qu'elle se reproche encore aujourd'hui. En réalité, elle n'avait jamais vécu un tel drame de près ou de loin. Elle t'a dit, quand tu es venue dîner à la maison, que ce livre avait joué pour nous un rôle prémonitoire : Nous avons en effet perdu notre fille quelques années après qu'elle ait publié le roman. Jewel est morte en Grèce au même âge que le petit garçon, et Yohanna en a conçu un terrible sentiment de culpabilité. Elle a rendu responsable de ces circonstances dramatiques l'ambition littéraire démesurée de sa jeunesse. Elle se considère toujours comme la victime d'une malédiction qu'elle aurait elle-même engendrée.

- Je suis désolée... Mais c'est complètement absurde !

- Hé oui ! Mais tu sais, quand on passe par des épreuves pareilles… Personnellement, je sais bien que ce genre de coïncidence est le pur fruit du hasard. Et ça me laisse froid. Mais cette angoisse est toujours profondément ancrée en elle. Il y a pourtant un détail dont je ne lui ai jamais parlé et qui me reste en travers de la gorge : Nous avons conçu cette enfant dans le studio de Yohanna alors qu'elle travaillait précisément ce passage. Je me rappelle très bien du manuscrit ouvert à cette page sur son bureau. A moins que je ne débloque moi aussi ! Evidemment, Yohanna développe la même théorie à propos de son cancer, qui est devenu Pandarée transformé en pierre par Zeus. Elle sait bien que notre interprétation judéo-chrétienne dévoie complètement la portée de ces légendes. On voudrait en faire des paraboles du genre : Chacun est puni par où il a péché. Mais le contenu des mythes grecs est tout autre. Ce ne sont pas des leçons de morale. Tantale n'est pas Adam qui aurait mangé le fruit de l'arbre de la connaissance. Encore que… Non. Il faut considérer ces récits comme des allégories évoquant les bouleversements fondateurs de la civilisation humaine. Tantale est le premier chef de guerre à sortir les peuplades primitives du cannibalisme. Il enseigne à ses pairs la seule pertinence du sacrifice humain dans un dialogue constructif avec les dieux. Et cette offrande doit être confié à une autorité légitime, à un guide spirituel capable de sacrifier jusqu'à son propre fils, au prix de terribles tourments assumés au nom de son peuple. Tantale n'est pas un fanfaron irresponsable mais un demi-dieu, un prophète qui fait preuve d'une grande abnégation.

C'est vrai : Nous avons immolé notre fille sur l'hôtel de notre vanité et de notre turpitude, mais je compte bien me venger un jour du destin et monnayer dignement le prix de ce sacrifice.

6 – La maison du lac

Salem est une zone pavillonnaire vallonnée, parsemée d'une myriade de plans d'eau. Les parcelles font souvent plus d'un hectare, plantées de bosquets d'épicéas, de hêtres et d'érables. Les tons verts, jaunes et rouges des frondaisons rendent le décor somptueux en cette fin d'automne. Les canards barbotent, on marche partout sur des crottes de lapins et on aperçoit même de temps en temps des petits troupeaux de daims. Les maisons ont des airs de cottages ou de manoirs anglais, décorés de brique et de pans de bois, mais la propriété de Faith ressemble plutôt à un chalet suisse, flanqué d'un énorme garage à deux portails, au milieu d'un parc arboré de sapins et de bouleaux pleureurs. Le fond du jardin longe un joli lac, accessible par un débarcadère construit en rondins. Un grand chien jappe dans le chenil dès que sa maitresse coupe le contact. Faith et Bertrand répondent à ses appels et accourent. C'est un magnifique doberman gris-souris avec des yeux brillants d'intelligence et d'affection. Comme il gronde sourdement, Faith lui présente le nouveau venu. Elle serre la main de Bertrand et lui donne des accolades démonstratives.

- Zeus, mon brave toutou, voici Bertrand ! C'est mon ami : Ber-trand. A-MI !

Zeus se décide finalement à fourrer sa grosse tête moite sous la main tendue de Bertrand.

- Voilà : Caresse, BER-TRAND ! Caresse !

Ruby décharge les affaires sous le porche et claque les portes des placards de la cuisine. Faith allume le feu dans la grande cheminée de pierre et donne ses ordres. Bertrand va et vient, trimbale les sacs de voyage à travers la maison en faisant le tour du propriétaire. Faith lui explique le fonctionnement des différents équipements : Le bureau et ses larges baies motorisées donnant sur la rue, le hors-bord et sa remorque autotractée dans le garage, le système de vidéosurveillance, les commandes des salles de bains des trois chambres à l'étage où chacun établit ses quartiers. Faith a gardé la maison et les chiens après son divorce. La petite chienne Kitty est en pension chez Madame Dunsen. Avant leur séparation, Faith était prof dans un collège huppé de Methuen, la petite ville voisine, mais elle a préféré se rapprocher de Boston pour refaire sa vie.

Dans l'après midi, le trio explore les environs en voiture et termine son périple à l'hippodrome de Rockingham Park. Ruby se pend ostensiblement au bras de Bertrand. Il tente bien parfois de prendre la main de Faith pour faire bonne mesure, mais elle n'est pas dupe. Ils décident de se poser à la buvette pour regarder la dernière course.

- Je sais bien qu'il y a quelque chose entre vous !

- Oui. On s'aime bien. Bertrand m'a baisée.

- Ah carrément ! Et comment as-tu trouvé ça ?

- Couci-couça. Mais on est copains quand même.

- Et vous allez encore coucher ensemble ?

- Pourquoi pas. Ça te dérange ?

A leur retour, Bertrand improvise un diner à la française avec les moyens du bord pendant que les filles concoctent des Tequilas Sunrise devant l'âtre fumant. Faith s'essaie à quelques amabilités avec Ruby, mais celle-ci l'envoie vertement promener. Faith retrouve Bertrand dans la cuisine pour chercher du sirop de grenadine.

- Alors, Bertrand : Je t'invite dans ma maison et tu me piques ma copine ?

- Hé, doucement. On ne va pas faire une scène de ménage !

Le diner est bien arrosé. Ils somnolent devant la télévision. Chacun monte bientôt dans sa chambre. Faith est énervée. Elle redescend au bureau trier de la paperasse. Au beau milieu de la nuit, Bertrand est réveillé par des éclats de voix. Après quelques claquements de portes, Ruby se glisse dans son lit en apportant son oreiller.

- Qu'est-ce qu'elle est chiante ! Madame voudrait qu'on se remette ensemble et elle me dérange à trois heures du matin pour me dire ça. Je n'aurais jamais dû venir. Je savais bien qu'elle en profiterait pour me harceler.

Au petit déjeuner, elle continue à s'exclamer que Faith NE LA TOUCHE PAS.

- Ecoute, Ruby, je t'ai invitée avec Bertrand pour que nous redevenions amies et qu'il n'y ait plus de lézard. Je me sens seule en ce moment et j'apprécierais de ta part un peu de sollicitude ! Je n'ai vraiment pas le moral quand je reviens dans cette maison. J'ai l'impression d'avoir gâché ma vie.

Alors, arrête de foutre la merde et essayons de passer un week-end tranquille.

- De la sollicitude ! Mais qui est-ce qui a foutu la merde ?

Faith emmène Bertrand à la réunion syndicale du lotissement. Elle le présente aux voisins comme « un ami qui va vivre ici. » Il est courtoisement invité à leurs petites sauteries et autres parties de golf, dès qu'il sera installé. On dénombre une demi-douzaine de parcours, rien que sur la commune, et les clubhouses sont très accueillants. Faith prend des airs mystérieux quand on lui demande à mots couverts s'il est son nouveau compagnon. Elle ne dément pas franchement et lance à Bertrand des œillades complices.

- Tu sais, tous ces gens ont des mœurs plus ou moins dissolues, mais l'important est de sauver les apparences : Il faut respecter les convenances et le politiquement correct.

Pendant le déjeuner, Faith lui propose d'autres mondanités mais Bertrand préfère rester à la maison « pour se familiariser avec les lieux. » Ruby n'a pas envie non plus de passer son dimanche chez leurs « vieilles copines. » Faith les abandonne donc bravement. Il fait un temps superbe et Bertrand sort promener le chien, qui gambade et aboie dans le parc. Depuis le ponton, il lance à l'eau des nonos et des bouts de bois que Zeus est fier de lui rapporter. Il rentre et flânc dans la maison, explore les étagères du bureau. Ruby s'affaire de son côté comme si elle était chez elle. Au bout d'un moment, elle le rejoint pour chercher un bouquin.

- Tu as chaviré le cœur de ces vieilles peaux, ce matin, en faisant ton jogging. Regarde-les défiler devant le portail ! Ici, on ne se promène dans la rue que le dimanche. Et encore ! Au pas de course et en tenue de sport. Pendant la semaine, les patrouilles de vigiles déclenchent la sirène dès qu'elles voient un piéton et le passent à la question !

Au fait, Faith ne t'a pas fait visiter toute la maison, hier. Il y a un endroit que les hommes apprécient en général : C'est le sous-sol. On bricole, on boit sa bière en rotant sur les vieux canapés et bobonne n'a rien à redire. Tu veux que je te montre ?

Elle le tire par la manche vers la buanderie d'où ils descendent un petit escalier en colimaçon. Le sous-sol est spacieux, éclairé sur deux cotés par des soupiraux. Il y a une porte donnant vers l'extérieur sous les fenêtres du bureau. Bertrand admire le matériel et l'outillage. Dans un coin de la pièce se trouve un petit laboratoire.

- Ils ont aménagé cet atelier ensemble, mais c'est surtout Faith qui bricole ! Quand ils m'invitaient, au début, son mari Bruce passait ses week-ends sur les greens, Faith m'installait au bureau et elle descendait ici pour démonter le moteur du hors bord sur des tréteaux.

Nous nous sommes rencontrées à la fac, elle était ma directrice de thèse. Je voulais inventer une théorie des genres en mathématiques. L'engagement féministe était évident pour le commun des mortels, mais dans mon esprit, ce travail devait justement me permettre de m'en affranchir. Je n'ai jamais trouvé ma place entre le conformisme social et les utopies révolutionnaires. À l'école, mes parents m'envoyaient chez des psychologues parce que je m'excluais des autres, je développais soi-disant des « penchants misanthropiques. » J'avais des problèmes d'identité. En me lançant dans cette recherche, j'espérais me révéler à moi-même. Quand mes hypothèses commençaient à battre de l'aile, je rejoignais Faith ici et nous bavardions gentiment sur le vieux canapé en buvant des gins-tonics. J'explorais un large spectre théorique et me retrouvais souvent dans l'impasse sans pouvoir fonder ma théorie. Je voyais du masculin et du féminin partout, mais pas un véritable angle d'attaque qui m'ouvre des perspectives. Pourtant, j'avais de l'ambition et la conviction que je finirais par définir un concept original.

Faith me trouvait trop nerveuse. D'après elle, je devais libérer mes pulsions. Nous avons commencé à nous caresser en invoquant la théorie de Cantor et ça donnait un truc du genre :

L'Union de deux ensembles est la mise en commun de ce qui appartient à l'un OU à l'autre : Amour et Partage. L'Intersection de deux ensembles est la fusion de ce qui appartient indistinctement à l'un ET à l'autre : Erotisme et Passion.

Nous explorions ainsi par divers attouchements les quatre grands domaines des mathématiques : L'algèbre et les équations, l'analyse et les fonctions, la géométrie des objets, les probabilités et ses variables aléatoires. Nous appréhendions ces notions physiquement, psychiquement, intimement. Faith avait une imagination débordante. Elle invitait au besoin des étudiants pour ses expérimentations. Nous adoptions pour cela toutes sortes de postures. Même le chien participait à nos rondes érotiques !

Bertrand est plié de rire.

- Et vous êtes arrivées à quelque chose ?

- Non. Je ne serai jamais agrégée.

- Désagrégée, oui !

- Faith m'a fait tout rater. J'avais confiance en elle mais elle s'est moquée de moi. Elle a ridiculisé mon projet devant tout le monde...

Ruby attrape un coussin sur le canapé et, dans sa colère, le jette violemment par terre. Un nuage de poussière s'élève et, depuis les soupiraux, les rayons du soleil projettent des parallélépipèdes incandescents au milieu de la pièce. Ruby et Bertrand les enjambent pour se rendre au laboratoire. Ruby lui montre le matériel photographique sophistiqué qui permet de développer et d'agrandir des clichés en couleur. Une turbine de ventilation tourne lentement au plafond. Bertrand hoche la tête d'admiration. Il retourne dans la grande pièce, ramasse et bat encore le coussin avant de le remettre en place. Il s'assied et contemple le spectacle. Ruby improvise un ballet en prenant des poses à travers les volumes lumineux.

- J'admire la géométrie descriptive de tes formes... Les fameuses courbes de Bézier !

- Tu n'as encore rien vu. J'ai décidé de m'y remettre ! Un Laboratoire d'Analyse des Formes vient de se créer à Cambridge. Ce sont des gens qui s'intéressent à la morphologie dans des espaces à plus de trois dimensions. Ils ont une approche esthétique des mathématiques. Je leur ai proposé une étude sur les signes algébriques : Une analyse du vocabulaire et des idéogrammes qui tiendrait de la philologie, de la sémantique et du symbolisme, et je trouve cela très excitant. J'ai consulté cet été aux archives municipales de Barcelone une correspondance amoureuse prodigieuse, entièrement rédigée avec des formules mathématiques, et ça a provoqué chez moi un déclic.

Bertrand se cale dans le vieux canapé. Il écoute Ruby et boit ses paroles comme lors de leur première rencontre au Cénacle d'Hypatie. Il avait présenté aux membres de l'association la « délégation américaine » avec le tact et la déférence d'un diplomate anglais devant la Chambre des Communes. C'est à ce moment là qu'il avait produit un sursaut chez Ruby : Faith prenait le devant de la scène et Ruby en avait conçu pour la première fois de la jalousie. Elle avait soudain haï l'ombre que lui portait son amie, et cela s'était produit devant Bertrand ! Et maintenant qu'ils sont seuls tous les deux, elle plastronne fièrement et lui dévoile ses projets.

- Oui, Ruby, c'est épatant, je suis sûr que tu vas prendre un nouveau départ.

Bertrand se redresse. Il ne la quitte pas des yeux. Il croit en elle et Ruby ressent un authentique bonheur galvaniser son cœur.

- Ecoute, Bertrand, je lis en ce moment le célèbre psychanalyste français Jacques Lacan, qui dit des choses étonnantes :

« Il est dans la plus pure tradition de la topologie mathématique d'écrire, et non pas de représenter un imaginaire de la jouissance. »

Il met exactement le doigt où ça fait mal :

L'usage qui est fait en mathématique des lettres « a » ou « b » a un statut paradoxal. D'une part elles vont généraliser, porter quelque chose qui est connu, et en même temps elles vont opacifier, car quand j'écris « a » ou « b, » je ne sais plus quelle est la valeur de « a. »

Lacan décortique les mécanismes de la pensée. Je voudrais écrire ma thèse de cette façon : Raconter ce qui se passe dans mon cerveau de mathématicienne quand je développe un raisonnement. J'analyserais pas à pas ma démarche intellectuelle, évoquerais ses références implicites, décrypterais l'origine culturelle de mon vocabulaire et révèlerais le sens caché des symboles mathématiques.

- Bravo, Ruby ! C'est magnifique ! Tu DOIS écrire cela.

Elle lui saute au cou.

- Bertrand, mon doux Bertrand !

Et s'il l'aimait vraiment ? Peut-être qu'elle n'est pas capable d'aimer un homme, mais s'il *ne* se trouvait *que* lui pour l'aimer ?

- Oui, Bertrand, tu verras ! Je me montrerai *nue* à ta *queue* ; tu jouiras encore et me transmettras le souffle de l'inspiration.

Elle se penche sur lui. Il saisit ses bras graciles, se lève et l'entraine dans un tourbillon. Il caresse sa nuque et embrasse ses grands cheveux noirs. Il bande pour sa petite lacanienne : Elle veut bien encore recevoir son foutre.

La porte d'entrée claque soudain au rez-de-chaussée. Ruby est pétrifiée à l'idée que Faith ne réduise leurs projets à néant. Elle va encore les séparer avec l'autorité d'un directeur d'étude. Elle les manipule comme des marionnettes. Elle ne les a amenés ici que pour peupler son petit théâtre d'ombres : Un travailleur sans papiers et une lesbienne dépressive en mal d'affection. Ils sont ses cobayes. Le français le sait bien et il n'est pas dupe. Il joue la comédie comme on lui demande, avec comme seule perspective de salaire une partie de jambes en l'air, aussi sûrement que son frère est parti à la chasse aux canards. Ruby prend soudain conscience de sa crispation musculaire.

Elle repousse l'étreinte de Bertrand qui lui crache à l'oreille :

- Il faut monter. Elle va nous chercher partout !

Faith pousse déjà la porte de la buanderie quand ils s'engagent dans l'escalier.

- Hé bien ! Je suis fière de vous, mes petits chéris. La scène de l'amant caché dans le placard est très réussie.

Faith est contrariée. Tout le monde la fuit. Ses copines la snobent. Elle n'est plus des leurs. Elles l'ont reçue avec beaucoup d'indifférence.

- Il faut les comprendre, Faith. Tu débarques de Boston le mors aux dents alors qu'elles sont là à s'ennuyer toute la journée dans leurs châteaux en carton pâte.

- Alors là, Bertrand, tu ne sais pas de quoi tu parles ! Tu trouves que ce n'est pas bien, ici ?

- Mais si, mais si…

Ils rentrent le soir à Boston dans le même équipage. Papa et maman aux commandes et la petite Ruby qui ronchonne à l'arrière.

- Tu n'as jamais eu envie de faire des enfants, Bertrand ?

- Si. Mais l'occasion ne s'est pas encore présentée.

7 – Le chien d'Or

Stéphanie et Aaron se croisent régulièrement chez l'un ou chez l'autre, mais pas question de transformer l'essai montpelliérain. Yohanna a repris sa place au centre et elle ne semble pas se préoccuper de leur nouvelle intimité. Elle se félicite au contraire de ne plus avoir Aaron sur le dos toute la journée et les visites de Stéphanie lui apportent des moments de détente et de gaité. Mais les deux femmes restent dans le non-dit et il faudra bien un jour crever l'abcès.

- Notre fille aurait vingt ans aujourd'hui. Je suis parfois un peu amère, quand je vois les relations de certains parents avec leurs enfants : Tout leur semble être dû et aller de soi. Depuis que nous sommes voisins, je vous observe en imaginant la vie de notre petite Jewel. Je me lève tôt le matin, bien avant Aaron, et prends des notes dans la maison endormie. Un jour j'écrirai le roman de sa vie. Aaron est furieux que je puisse avoir une idée pareille.

- Il a peut-être raison. Je ne suis pas sure que ce soit une motivation saine pour écrire un roman. Ni que cela t'aide à accepter sa disparition. Il y a quelques années, après le départ de Kilian, nous nous sentions un peu seuls avec Bertrand. Heureusement, un couple de pieds-noirs nous invitait à ses réunions familiales, nombreuses et animées. Ils avaient six enfants à peu près de notre âge et nous appréciions les rapports chaleureux que notre amie Ginette entretenait avec ses enfants, gendres, belles-filles et petit enfants. Ce bel esprit de famille nous ravissait. Cette femme débordait d'énergie, d'entrain et de générosité. Elle n'avait pas le certificat d'études mais elle nous annonça un jour avec enthousiasme qu'elle écrivait ses mémoires avec l'aide d'un écrivain public spécialisé dans les autobiographies. Quelques temps plus tard, nous constatons que nous ne sommes plus invités. Quand nous les appelons, c'est toujours le mari qui nous répond et il se montre très évasif. Un soir d'été, n'en pouvant plus, nous débarquons chez eux à l'improviste. Nous savions que c'était le jour de l'anniversaire de Ginette. Pas de lumière dans le jardin, pas de cris d'enfants, la piscine est jonchée de feuilles mortes. Nous sommes surpris de les trouver seuls à la maison. Ginette a l'air contente de notre venue mais elle a du mal à contenir sa colère. Ses écrits avaient provoqué un véritable psychodrame dans la tribu. Les enfants avaient été choqués de découvrir les horreurs de l'histoire familiale et que leur mère ait gardé en elle tant de haine. Elle racontait dans son livre comment elle avait réalisé un transfert de personnalité sur chacun de ses enfants en référence à un parent disparu tragiquement pendant la guerre d'Algérie. Avec une logique implacable, elle avait donné à chacun le prénom, le caractère et le destin de son ancêtre, décidant ainsi de son éducation, de ses études, de son métier, du choix de son conjoint, et cela jusqu'aux petits enfants. Elle dévoilait en outre la conception extraconjugale d'un de leurs fils. Elle était persuadée d'avoir fait œuvre de bonté avec clairvoyance en gouvernant ainsi leurs vies. Elle avait imaginé que cette fresque picaresque serait le plus beau cadeau qu'elle puisse leur faire, mais ces ingrats n'y voyaient que les aveux d'une sordide machination !

- Tu as raison, Stéphanie : Je n'ai peut-être pas le droit de lui inventer des joies et des peines selon ma fantaisie, maintenant qu'elle vogue vers la lumière. Mais c'est tout de même moins déplaisant que de jouer la comédie entre voisins.

Stéphanie comprend l'allusion et Yohanna s'étonne d'avoir sorti la vérité aussi cash. Elles baissent les yeux toutes les deux.

- Excuse-moi, Stéphanie, je ne voulais pas dire ça.

- Si. Tu as raison, Yohanna. C'est à moi de te demander pardon.

- Ça m'a échappé sans penser à mal. D'ailleurs, je ne te reproche rien ! La seule chose qui me fait souffrir, c'est cette hypocrisie entre nous. Depuis le temps qu'Aaron te tournait autour, au moins maintenant, il a eu ce qu'il voulait. J'éprouve toujours autant d'affection et de respect pour toi, tu sais ! Et même une certaine forme de reconnaissance ! Il sombrait dans la déprime et je préfère le voir reprendre son entrain ces derniers temps. Au début, il devait te confier une mission. C'est une démarche délicate que je lui avais suggéré, mais il n'a pas osé t'en parler.

- Merci, mais tu vois, je préfère en rester là.

- Non. Ce n'est pas ce que tu crois. J'aimerais que tu écoutes sa proposition et que tu en juges par toi-même. En sachant que je suis entièrement derrière lui et que tu nous rendrais un grand service. C'est avant tout une histoire de gros sous.

- Yohanna, je n'aime pas ça du tout.

- Fais-moi cette faveur, Stéphanie. Tu me le dois bien, non ? Laisse Aaron t'expliquer les choses. Il a plus de talent que moi dans ce domaine.

Le soir même, Aaron frappe à la porte de la cuisine, sanglé dans son costume trois pièces de chez Harrods. Stéphanie, incrédule, le reçoit en une bordée d'injures.

- Mais c'est incroyable ! Tu veux m'embaucher à ton service, maintenant ? Tu ne m'impressionnes pas du tout avec tes airs de patron du Cac 40. Déguerpis tout de suite et ne remets plus les pieds chez moi !

- D'accord, Stéphanie. Yohanna n'aurait jamais dû t'en parler dans ces circonstances.

- Tu mets cette histoire sur son dos, maintenant ! Espèce de lâche ! D'hypocrite ! Allez, va ! Accouche de ta combine et laisse-la en dehors de tout ça.

Aaron reste impassible, planté dans ses chaussures Richelieu, son attaché case aux initiales dorées « A.R. » collé sur la poitrine. Elle le lui arrache et le balance sur la table au milieu des épluchures de patates.

- Stéphanie, je crois vraiment que tu as les qualités requises !

Stéphanie ignore la provocation et le laisse déballer sa paperasse : Une poignée de courriers aux entêtes grecques tapageuses, gravées en quadrichromie.

J'ai laissé quelques avoirs en Grèce, quand nous avons abandonné la partie. J'ai beaucoup perdu et la situation ne s'améliore pas depuis, avec la crise. Nous avons pourtant là-bas quelque chose qui a gardé toute sa valeur : Un objet ancien, devenu le symbole de notre mauvaise conscience, resté enfoui dans un coffre à Athènes. Ce n'est pas facile à vendre et il nous faudra mener à bien des négociations délicates pour y parvenir, sans donner l'impression d'être pris à la gorge. Je prétexterai quelques vacances au bord de la Mer Egée.

- Tiens donc. Tu me proposes peut-être un voyage en Grèce ?

- Exactement. Et 5% sur le prix de la vente, tous frais payés.

- Et combien vaut ton machin ?

- Si l'on en croit ces documents, dans les trois cent mille euros.

- Et pourquoi aurais-tu besoin de moi ?

- C'est comme je te le dis : Pour jouer au rentier désinvolte.

- Mais qu'est-ce que je ferais ?

- Courtier en œuvres d'art.

- Oh ! Mais je n'y connais rien, moi, là-dedans.

- Tu ne parles pas la langue non plus…

- Je craignais que tu ne me proposes de faire la geisha.

- Rien ne t'y oblige ! Officiellement, tu estimerais la pièce pour le compte d'acheteurs français. J'ai déjà des propositions inintéressantes et tous les certificats. Je t'offre 15 000 euros pour leur mettre la pression, parce qu'un vrai courtier me coûterait beaucoup plus cher.

- C'est légal, au moins ? C'est quoi, une œuvre d'art ?

- Oui. Le chien d'Or. Le chien de Zeus. Tu te rappelles de la légende grecque ? « *C'était le chien qui gardait la chèvre de*

Zeus quand il était lui-même enfant. » Une antiquité du seizième siècle.

- Mouais. Il y a surement un piège… Tu as caché de la drogue dedans ?

- Mais non ! Tout ce que tu risques, c'est de tomber dans la fosse aux serpents en me donnant un coup de main pendant la transaction…

Stéphanie demande à réfléchir. Ce guignol lui propose de jouer les nababs pour 15 000 euros ! Après Bertrand, ce serait à son tour de courir après une chimère.

Les jours suivants, Aaron commence à préparer son voyage. Il voudrait profiter des vacances de Noel et prend des options dans les grands hôtels. Stéphanie n'est pas décidée. Il la documente sur le métier, lui fait la liste des personnalités qu'elle est censée connaitre à Paris. Elle suit les leçons d'une oreille distraite, mais les Riley ne manquent pas une occasion de la mettre dans le bain : Aaron connait les ficelles du métier et Yohanna est férue d'antiquités. Ils la prennent insensiblement à leur petit jeu.

Stéphanie hésite encore, mais un coup de fil va lui donner des ailes. Elle félicite Pénélope, sa copine espagnole, pour son compte rendu sur le Cénacle d'Hypatie et la remercie encore de les avoir si bien reçus à Barcelone. Pénélope sait que Bertrand est toujours aux Etats-Unis. Et lors d'un séminaire à New York, elle a fait la connaissance de Bruce, l'ex de Faith.

- Tu sais, Bruce travaille pour les fonds de capital-risque de la société Hive, récemment créée par le magnat hindou T.M. Ravi à Palo Alto, en Californie. Ils modélisent les flux financiers sur de gros ordinateurs pour anticiper le cours des marchés. C'est encore assez fumeux pour prévoir un krach boursier, mais par les temps qui courent, c'est devenu un bon job pour un statisticien. On est plutôt frileux dans ce domaine en Europe mais là bas, c'est la poule aux œufs d'or ! Ils viennent d'embaucher deux polytechniciens français. Ça m'ennuie de te rapporter ces ragots, mais Bruce prétend que Faith et Bertrand fricotent ensemble. Il n'y a rien d'avéré, mais autant que tu le saches.

Stéphanie ne réclame pas les détails. Elle n'a pas envie de s'étendre sur le sujet avec son amie, qui est très mauvaise langue et friande de ce genre de bobards. Elle appelle pourtant Bertrand dans la foulée.

- C'est ridicule, Stéphanie. Il n'y a rien entre nous. C'est boulot-boulot, point barre ! Elle veut me prêter une villa où ils n'habitent plus depuis longtemps. Je l'ai visitée cette semaine et j'ai fait connaissance avec ses voisins. C'est surement de là que viennent ces rumeurs.

- Alors ce n'est pas sérieux, cette histoire ?

- Bien sur que non ! Faith est une bourgeoise prétentieuse qui ne songe qu'à sa réputation et à sa carrière. Que voudrais-tu qu'elle fasse avec un type comme moi ?

- Et Ruby ? Tu en pinces pour elle, non ?

- J'admets que je la trouve appétissante, mais elle est complètement cinglée ! Enfin, Stéphanie, tu sais que je ne pense qu'à une chose : Te retrouver très vite dans notre cher vieux continent.

- Je vais passer quelques jours en Grèce avec Aaron.

- Ha bon ?

- Il a besoin de moi pour solder des actifs qu'ils ont laissés là bas.

Stéphanie vante les qualités morales du maçon anglais, son passé glorieux, sa fortune, mais Bertrand ne semble pas s'en émouvoir. Il ne manifeste pas plus d'intérêt pour le quotidien de Stéphanie, pour « ses petits problèmes de robinets qui fuient, » comme il dit. La lassitude de Stéphanie, son manque d'entrain, son sentiment d'isolement le laissent complètement indifférent. Bon sang, c'est lamentable ! Il n'a pas l'air de réaliser qu'elle part avec un autre homme !

8 – La piste comanche

Et voilà que Bertrand s'embarque avec Faith pour une mission à Montréal. Le décollage se fait dans une bourrasque de pluie verglaçante qui secoue les ailes de l'avion et promet du sport à l'atterrissage.

Le département de Mathématiques et Statistiques de l'université Concordia met sous les feux des projecteurs deux starlettes très combattives. Faith pousse à la roue avec enthousiasme, mais Bertrand doute de la pertinence de ces candidatures. Il ne comprend pas l'entêtement de Faith et freine des quatre fers : Aucune société américaine ne mettrait un kopeck sur une tête québécoise, fut-elle anglophone. Mais Faith a pris contact avec trois instituts de recherche canadiens financés par de grandes entreprises états-uniennes à la recherche de chair fraiche locale. Nul n'étant prophète en son pays, la caution du Massachusetts Institut of Technology pourrait faire la différence, et le Lisa Chudlovsky Council se doit d'être présent à l'international !

Pour rallier Bertrand à sa cause, Faith flatte son égo : Quoi de mieux qu'un ingénieur français pour soutenir « la belle province ? » Dans l'avion, elle tente de l'exciter en claquant la langue dans son gobelet de champagne. Elle a relevé l'accoudoir entre les sièges et se colle contre lui pour tirer les rideaux. La fermeture éclair de sa combinaison de ski est descendue jusqu'en bas. Elle porte dessous un petit pull en shetland orange qui moule la pointe de ses seins et dévoile un string translucide qui renvoie toutes les couleurs de l'arc en ciel.

- Berty, Berty, comme il fait froid dehors !
- Berty, c'est le diminutif que tu m'as trouvé ?
- Mais ce n'est pas un diminutif, mon petit Berty. C'est un prénom à part entière, ici. Il signifie même : Brillant, illustre…

A leur arrivée, l'avion fait plusieurs circonvolutions dans un tourbillon de gros flocons avant de se poser sur une piste luisante entre deux impressionnants murs de neige. Les applaudissements de la joie de s'en sortir indemne succèdent à l'ivresse de la décompression.

- Berty, j'ai l'impression qu'on va rester plantés là pendant un bon bout de temps. Autant se faire à l'idée qu'un homme et une femme isolés sur une ile déserte…

Ils s'emmitouflent, mais un froid sibérien s'engouffre dans l'avion dès l'ouverture des portes. Ils ont déjà les pieds gelés en saluant le commandant de bord. Dans le hall, une métisse au nez plat en tenue d'esquimau forme le comité d'accueil. Elle répond au doux prénom de Dolores. C'est elle qui a planifié leur séjour. Elle les conduit avec insouciance dans une grosse limousine en faisant des embardées sur la neige avec ses gros pneus cloutés. Faith est montée à l'avant et elles n'arrêtent pas d'éclater de rire et de s'envoyer des bourrades. Elles piaffent d'excitation comme des collégiennes et se bisoutent sans regarder la route. Bertrand s'affole au milieu d'un carrefour. Dolores se retourne et lui lance un grand sourire. Elle tire sa langue pointue entre de jolies petites dents nacrées.

- On s'est connues au lycée à quinze ans. Moi aimer toi, petit français mignon.

Ils tirent la bourre sur une avenue bordée de vieux immeubles en bois avec des balcons métalliques et des escaliers droits dont les balustrades sont enfaîtées de neige. Des guirlandes lumineuses et des petits pères noël pendent aux fenêtres. Il fait déjà nuit à trois heures de l'après-midi. Dolores engage la voiture devant une maisonnette au bardage bleu turquoise. Quand le portail électrique se lève, la voiture envoie de grandes gerbes de poudreuse pour grimper dans le garage.

Les jeunes femmes s'y mettent à deux pour sortir Bertrand de l'habitacle. Il a les jambes raides, et elles ont un mal de chien à le trainer à l'intérieur. Elles le déshabillent et le mettent sous une douche brulante dans la baignoire en plastique mauve avec de gros robinets. Bertrand devient rouge comme une écrevisse. Dolores rit de bon cœur que son petit machin reprenne des couleurs. Elle lui prête des vêtements chauds. Le séjour est aménagé en tipi amérindien avec des peaux de bêtes, des couvertures chamarrées et toute une brocante ethnique. L'atmosphère est chaleureuse et Bertrand se déride un peu. Ils s'assoient dans des fauteuils bizarres qui prennent la forme du corps, les pieds noyés dans la fourrure d'un ours blanc étalée sur le sol.

Dolores prépare des grogs où flottent des herbes bizarres et elle crée une ambiance musicale de chants polyphoniques et de roulements de tambour. Son sourire est communicatif, les prunelles de ses yeux bridés étincellent. Elle raconte son histoire. Elle a « poussé toute seule, » livrée à elle-même très jeune, et n'a pas fait d'études supérieures. Faith est depuis longtemps sa bienfaitrice. Elle l'a encouragée à quitter son Missouri natal. Dolores a trouvé au Canada un climat social plus favorable à son épanouissement, malgré ses hivers interminables.

- Ici, les gens s'adaptent au rythme des saisons. Ils ont une fraicheur, une bonne humeur, que je n'ai jamais rencontrées ailleurs. Avec les rigueurs du climat, on n'a pas le temps de se plaindre. Et quand l'été arrive, c'est une explosion de joie. Montréal est une ville ouverte où l'on peut cultiver sa différence. On est loin de la mentalité américaine « in God we trust. » La devise de l'administration canadienne serait plutôt : Qu'importe d'où tu viens, affirme qui tu es ! J'ai vécu un an aux Antilles françaises et je connais un peu le créole, mais ne me demande pas de te parler français ! Ce qui me gêne là bas, c'est que les gens ne croient pas à la réussite individuelle. Ils passent leur temps à se mettre des bâtons dans les roues et attendent tout de l'état-providence. Et puis, sur le plan amoureux, les tabous religieux sont tenaces.

Faith est heureuse de retrouver leur insouciance d'antan. Elle chante en cœur avec Dolores :

> *« Nous sommes deux sœurs jumelles*
>
> *Nées sous le signe des gémeaux*
>
> *Mi fa sol la mi ré, ré mi fa sol sol sol ré do*
>
> *Toutes deux demoiselles*
>
> *Ayant eu des amants très tôt*
>
> *Mi fa sol la mi ré, ré mi fa sol sol sol ré do »*

Bertrand est complètement dans les vapes. Il écoute la voix grave de Dolores et suit ses déplacements en tournant la tête comme une girouette. De temps à autre, elle lui fait des grimaces et des petits signes de la main. Elle fait pivoter gracieusement ses poignets pour s'assurer qu'il ne perd pas le fil de la conversation. A travers ses pupilles dilatées, la rétine de Bertrand imprime son visage lunaire, ses larges sourcils épilés, ses petites oreilles rondes dégagées de ses cheveux noirs tirés vers le haut en un drôle de petit chignon perché. Sa robe amérindienne en peau de caribou tranche avec un pantalon brodé de couleurs vives. Ses chaussons fourrés sont attachés à ses chevilles nues par de fines lanières de crin. Bertrand a de plus en plus de mal à suivre les gestes désarticulés de ses avant-bras soyeux et cuivrés, ni les figures insolites qu'elle compose avec les doigts pour illustrer ses propos.

Faith se tient maintenant derrière lui. Elle effleure de son chandail orange les oreilles de Bertrand et tend les bras pour lui masser les épaules et palper sa poitrine. Les pointes de sa chevelure blonde chatouillent son visage et l'odeur aigre-douce de sa transpiration l'enivre. Et puis soudain, Dolores le saisit par les jambes.

- Ah ! Je suis fait comme un Iroquois,

dit-il faiblement.

- Je me demande quelle menthe sauvage tu as mis dans sa tisane...

- Je crois qu'on va coucher le petit Jésus,

dit finalement Dolores.

Elles le transportent dans la chambre. Ambiance Papou et lit rond sous une paillote tropicale. Faith et Dolores s'allongent à ses côtés. Une communion spirituelle va s'établir entre la longue protestante anglo-saxonne, la souple métis taoïste amérindo-océanienne et le rêveur judéo-chrétien méditerranéen au nez tordu. Ainsi partageront-ils innocemment trois jours et trois nuits, par moins vingt huit degrés Celsius et sous deux mètres de neige, totalement coupés du monde.

Ils boivent des jus de fruits exotiques, mangent chinois, discutent civilisations primitives, lisent des romans de science fiction, feuillètent des albums d'arts ethniques, abstraits et surréalistes, écoutent des musiques acousmatiques, regardent à la télé de vieux westerns en noir et blanc sans mettre le son, prennent des bains chauds aux huiles essentielles, se font des soins, des coiffures, échangent des massages, dorment sagement blottis les uns contre les autres sous la couette en plume de canard.

Les messageries et les téléphones portables sont coupés, rien ne filtre du tragi-comique monde extérieur. Ils sont seulement attentifs à leurs auras respectives, mêlent leurs esprits et leurs corps sans la moindre tension sexuelle. Ils racontent leurs enfances, leurs adolescences, leurs malaises existentiels, leurs expériences amoureuses. Ils retrouvent la candeur du paradis terrestre avant le péché originel, loin des tourments égotiques et socio-économiques. Au moindre signe de transgression, ils prononcent en cœur la formule incantatoire et magique de Dolores :

- Oublions le monde des terriens et pénétrons au cœur de nos rêves.

Ils quittent ainsi la civilisation dans le plus simple appareil à bord de leur case-tipi, sur la voie lactée de l'harmonie cosmique universelle, au milieu du néant intersidéral.

Le troisième jour, alors qu'ils procèdent à leur ronde matinale, se tenant par la main et faisant des vocalises, assis en tailleur avec les poils de la peau d'ours qui leur chatouille le derrière, un rayon de soleil embrase soudain les verres de jus de mangue posés par terre. Ils se regardent longuement et partent d'un grand rire. Sans prévenir, la situation météorologique a complètement changé. Faith ne tarde pas à faire le point :

- Ah, Dolores ! Merci... Ça fait du bien de se lâcher comme ça ! J'ai retrouvé le bonheur de mon enfance, quand nous construisions des cabanes et des barrages de galets dans les torrents de montagne, loin du regard de nos parents. Merci, Bertrand, de ta fraicheur et de ton innocence, malgré les difficultés rencontrées ces derniers mois.

Bertrand enchaine à son tour :

- Oui, Dolores, nous avons vécu des heures magnifiques. Tes pratiques chamaniques nous ont métamorphosés. Nos âmes déchirées ont retrouvé la paix intérieure. Nous n'étions plus ni homme, ni femme, ni bêtes, mais purs esprits d'amour et de lumière...

Dolores leur répond :

- Merci, mes bien chers êtres, vous avez offert à mon cœur un beau cadeau de noël au milieu de ce long hiver de solitude. Je vous aime. Je ne serai même pas jalouse du couple que vous ne semblez pas former. Nous avons rechargé nos chakras les uns aux autres et je me sentirai moins seule après votre départ.

Ils reprennent en cœur :

- Nous sommes des êtres de lumière. Pénétrons au cœur de nos rêves.

Le ciel est dégagé et le frigo bien vide. Ils s'habillent avec ravissement et partent en courses. Dans le centre commercial souterrain, leurs yeux s'élargissent devant tant de marchandises... Faith donne quelques coups de fil et recale ses rendez-vous pour l'après midi même. Ils sillonnent bientôt la ville avec entrain dans la Chevrolet bordeaux de Dolores.

De retour pour le diner d'adieu, ils retrouvent la maison vide. A partir de huit heures, ils commencent sérieusement à s'inquiéter mais pas moyen de joindre Dolores. Faith tourne en rond et soliloque. Le directeur de la Concordia lui a donné l'impression étrange de vivre retranché comme à Fort Bravo, assiégé par une communauté francophone hostile. Bertrand fait tinter les chaudrons sur le fourneau sans dissiper son trouble. Vers onze heures, deux collègues de travail déposent enfin Dolores devant la porte. Elle est fermée comme une huitre, file droit dans sa chambre et se met au lit. Faith entre sur la pointe des pieds, s'agenouille devant son amie et lui caresse la main pour qu'elle se livre.

- Je n'ai pas la force d'affronter votre départ. Tu sais, à Springfield, quand tu nous as quittés pour la cote Est, j'ai replongé dans l'héroïne. Johnny, mon père adoptif, m'a retrouvée dans un bar. Nous ne nous étions pas vus depuis plus d'un an mais il a tout de suite compris ce qui m'arrivait. Il a donné un coup de fil à son patron et m'a embarquée le soir même pour un bled en Arizona où il connaissait un médecin comanche. Il a laissé filer un mois de salaire, à me surveiller jour et nuit dans un petit motel miteux tenu par des trafiquants mexicains, de crainte que je ne m'échappe en stop avant d'être suffisamment désintoxiquée. Depuis, chaque fois que j'ai la tentation du Cheval, je pense très fort à lui et même à ses colères quand il est ivre. Je me retrouve aujourd'hui dans le même désarroi. Tu es plus solide que moi, Faith. Tu avais foi en moi, mais tu ne te rendais pas compte à quel point je me sentais abandonnée.

- Ne t'inquiète pas, Dolores. Je t'appellerai tous les soirs jusqu'à ce que tu reprennes des forces. Si tu flanches, je viendrai te chercher. Un petit séjour à Salem sous la garde de Bertrand te remettra les idées en place. Ces maudits français bourrés de certitudes sont incorrigibles pour décider à ta place de ce qu'il faut faire !

Bertrand s'impatiente en cuisine.

- Hé ! Qu'est-ce que vous déblatérez encore dans mon dos, toutes les deux ? Dolores, viens vite souffler sur ta soupe à l'oignon de Montmartre avant que je ne vienne te botter les fesses !

Quand Faith dépose Bertrand à la maison verte, il n'y a pas de lumière aux fenêtres. Les locataires passent les fêtes de fin d'année en famille. Ruby a laissé plusieurs messages sur le répondeur de Bertrand pendant leur séjour à Montréal. Il l'a rappelée devant le tapis à bagages de l'aéroport et lui a donné rendez-vous au Druide, un club irlandais situé à quelques blocks de là. Faith n'est pas au courant et elle rentre chez elle. Il consulte ses mails sur l'ordinateur de Winston. Stéphanie lui écrit d'Athènes, avec en pièce jointe une photo où elle se tient debout entre deux cariatides géantes sous l'entablement du temple d'Erechthéion. Elle porte une longue robe drapée nouée à la taille et le salue distraitement de la main, adressant un sourire complice à ses consœurs de pierre amputées des deux bras. Au dessus de la frise en marbre blanc, un coin de ciel bleu rappelle à Bertrand qu'il se gèle ici dans la purée de pois. Que fait-elle là bas et où en est-il lui-même ?

Le voici confortablement installé dans un box capitonné de cuir « pleine-fleur » devant une pétulante pinte de bière. Il se penche sur le coté pour mater les danseuses à gros seins qui s'enroulent au mat chromé sur la piste. Soudain un groupe agité déboule du couloir des toilettes à côté du bar : Une bagarre a éclaté dans la cour arrière et deux types se sont enfuis en laissant une fille sur le carreau. Bertrand se glisse à contre-sens dans le couloir et se retrouve mêlé à une bande de curieux sur le parking. Ruby gît au sol. Elle se traine dans la boue et tend la main vers son manteau étalé par terre. Le cercle d'éméchés rote la clope au bec en savourant le spectacle. Elle gueule que surtout personne ne la touche. Elle est ivre. Les deux fuyards l'ont bien cognée. Elle reconnait Bertrand quand il se penche sur elle.

- Va te faire enculer, « baiseur de ta mère ! » Alors, tu t'es bien fait sucer par ces morues à Montréal, espèce de fils de pute ?

Elle n'a rien perdu de sa verve. Bertrand se démène comme un pauvre diable pour l'amener jusqu'aux lavabos. Les autres s'écartent avec dégoût tellement elle est sale et indécente. Elle n'a rien de cassé et chiale maintenant dans ses bras. Le cabaretier suggère de l'emmener sur le champ sans régler les consommations. Bertrand a repéré la voiture de Ruby et il trouve les clés dans son sac. En chemin, elle rabâche que ces brutes ont malaxé ses seins. Elle ouvre son corsage pour lui montrer les marques et se donne des coups de poing à la poitrine. Mais Bertrand n'a pas entendu le même son de cloche. On racontait qu'elle était ivre en arrivant au bar et qu'elle s'était jetée sur ces types sans raison. Elle ne veut pas rentrer à Malden. Bertrand la ramène chez lui. Il la lave et enduit ses bleus de crème à bronzer. C'est vrai qu'elle a de jolies formes. Ruby surprend son regard concupiscent et vitupère :

- Monsieur laisse tomber sa petite squaw pour s'encanailler avec des gouines ! Il ne lui répond même pas au téléphone.

Il faut un bon moment pour la calmer. Elle envoie tout promener et se cabre sur le lit comme une hystérique. Elle brise son gobelet d'aspirine dans le lavabo et se blesse en essayant de le rattraper. Bertrand descend à la cuisine chercher des pansements dans l'armoire à pharmacie. Elle le suit en hurlant qu'elle est saignée à blanc... et s'échappe dans le jardin avec seulement une chemise de Bertrand sur le dos. Il se fâche et la rudoie pour qu'elle remonte au premier. Elle déblatère de plus belle mais cette fois, il se met vraiment en colère.

- Ça suffit maintenant ! Mets-toi au lit et ferme-la !

Elle est soufflée qu'il lui cloue le bec avec tant de véhémence et finit par se rendre. Peu à peu, la méthode forte porte ses fruits, Ruby se plaint plus mollement, suce son pouce et s'endort.

Cet incident marque une étape importante dans leur relation. Pendant près d'un mois, Ruby ne le lâchera plus d'une semelle. Elle exprime à sa manière sa reconnaissance que Bertrand se préoccupe de son sort et se convainc d'avoir trouvé son maitre. Ils se retrouvent chez elle ou chez lui tous les soirs selon les circonstances. Elle l'accompagne même au bureau et à ses rendez-vous. Elle s'enferme dans la chambre de la maison verte quand il dine avec Faith pour régler les affaires courantes et ne lui reproche même pas de rentrer à deux heures du matin. Soumise, elle le laisse décider de TOUT, pourvu qu'il la garde avec lui. Elle prétend que c'est la conduite d'une vraie indienne : Ne jamais se plaindre, suivre son guerrier jusqu'au bout du monde, montée derrière en amazone sur la croupe de son cheval. Elle a vu ça au cinéma. Bertrand ne cherche pas à la contrarier. Si c'est sa façon à elle de l'aimer, autant profiter des bons moments, ça durera ce que ça durera.

Ruby et Bertrand embarquent pour plusieurs jours d'entretiens à San Francisco. Faith ne s'y est pas opposée. Un élégant couple de gays, deux grands beaux blonds manucurés, cheveux courts et petite moustache, les reçoivent dans leur « femme trop fardée. » Ils bichonnent une de ces maisons multicolores à bow-window construites en bois de séquoia au dix neuvième siècle après le grand incendie. Ces bâtisses s'égrainent en escalier le long des fameuses rues en pente du quartier d'Alamo Square. Elles sont toutes habitées par les mêmes clones bon-chic bon-genre que Bertrand craint de confondre quand il les croise sur le trottoir.

Ils attendent sagement l'heure de leur rendez-vous, absorbés dans de studieuses lectures au milieu des napperons et des plantes vertes du grand salon. Ruby joue complaisamment à la femme fidèle. Elle manifeste une courtoisie inhabituelle, une intelligence discrète et prévenante auprès de leurs hôtes. Pour apprendre la langue, elle épelle les mots français en lisant avec ferveur sur les lèvres de Bertrand un roman de Pierre Loti. En échange, elle lui donne de surprenants cours de mathématique. Elle tient sur tous les sujets des raisonnements remarquables. Parfois, Bertrand retrouve avec elle la complicité qu'il avait avec son frère jumeau aux plus belles années de leur enfance. Depuis peu, il pense souvent à Guillaume, son double, amoureux d'une femme courte et replète perchée sur ses talons hauts.

L'initiation tantrique de Dolores lui a permis de dépasser ses idées reçues sur le déterminisme sexuel, les conventions sociales et autres stéréotypes culturels. *« Nous sommes des êtres de lumière, pénétrons au cœur de nos rêves. »* Et ce haut niveau de conscience le fait vibrer plus harmonieusement au diapason des pulsions insolites de sa nouvelle compagne.

Tom et Shane, leurs distingués propriétaires, mariés de la première heure à l'issue d'un long combat idéologique, s'émeuvent des confidences de Ruby et sont passionnés par les théories qu'elle développe à propos de ses penchants sexuels. Ils tentent de la rassurer : L'important, c'est que Bertrand et elle s'aiment. A leur manière, peu importe comment. Chaque relation est unique et doit se vivre intensément. Bref, il faut de tout pour faire un monde. Ces pédants mentors les initient aussi avec délice aux raffinements sémantiques de la Cité de la Baie, aux rapports riches et complexes qu'entretiennent les diverses communautés sexuelles, culturelles, politiques, ethniques et religieuses de San Francisco. Le maitre mot est la Tolérance, qui engendrera certainement un Age Nouveau. La bonne conscience de Bertrand lui commande d'informer sans tarder Stéphanie du tournant que prend sa vie. Mais heureusement, quelques taffes de l'excellente colombienne « certifiée » fournie par Winston suffisent à éloigner les nuages qui pointent à l'horizon de son esprit au coucher du soleil. Car malgré des apparences encourageantes, la combinaison de leur couple est loin de livrer tous ses secrets. Le tumulte étrange de leurs ébats nocturnes risque à tout moment de remettre en cause leur bonne entente diurne. Atteindront-ils jamais la relation apaisée annoncée par leurs nouveaux guides spirituels ?

- Vous savez, c'est le propre de toute relation hétérosexuelle : L'incompréhension des sensations physiques et des sentiments de l'autre. Cela vient de ce que les genres ne fonctionnent pas de la même façon.

- Sans doute, Shane. Mais en principe, les genres sont complémentaires, et c'est ce qui assure la cohésion sociale au sein de l'humanité. Même si on ne vit pas les choses de la même manière, chacun devrait y trouver son compte. Mais avec Ruby, dès que nous nous entendons sur un sujet, elle en fait un évènement unique et sans lendemain. Il me paraitrait logique de continuer dans la même direction, mais elle veut toujours essayer autre chose. J'en conclus qu'elle n'est jamais satisfaite…

Ruby revient de la cuisine avec une canette de bière :

- Oui, c'est vrai : j'ai un tempérament versatile. Mais je m'efforce quand même de ne pas toujours casser l'ambiance avec mes doutes. Tu dois le reconnaitre.

- Absolument. Tu es extraordinaire, Ruby. Peut être même héroïque !

- Ça ne me demande pas beaucoup d'efforts parce que j'ai vraiment envie d'être heureuse avec toi. De toute façon, nous sommes enfermés dans des conventions sociales et on est bien obligés de vivre avec. C'est le même problème dans la relation entre deux nanas ou avec un mec… Mais surtout avec un mec ! Vous êtes si prévisibles, routiniers, répétitifs.

Enfin, je ne sais pas… J'aime bien ta personnalité, Bertrand, mais je ne peux pas m'empêcher de jouer avec, de te combattre la nuit, de dévoyer tes pulsions. Je m'interroge, moi aussi, sur mes ambigüités. Je ne serai jamais stupidement amoureuse. J'en suis tout simplement incapable. J'ai avant tout besoin de m'aimer moi-même dans le regard des autres et ma façon d'aimer, c'est de leur manifester ma reconnaissance. Tu aimes que je te sois reconnaissante, Bertrand ? Bien sûr que non. Tu préfèrerais que je t'aime pour ce que tu es. Nous ne pourrons jamais résoudre ce dilemme !

Faith prend régulièrement de leurs nouvelles. Elle prétend que Ruby est tordue, que Bertrand finira bien par s'en rendre compte. Faith a nié en bloc les accusations infamantes lancées par Ruby. Si Bertrand ne croit pas encore à la duplicité de cette fille, il en fera un jour la cruelle expérience.

- Tu comprendras que je n'ai jamais abusé d'elle. Les petits jeux auxquels nous nous livrions avec mon mari étaient bien innocents à côté de ses extravagances. Ruby se prêtait à tout à la puissance dix ! Bruce prenait des photos et elle poussait les choses au paroxysme, tellement qu'il en perdait la boule. Elle se faisait désarticuler, frapper, elle gueulait et en redemandait. Bruce jouait au méchant jusqu'à ce qu'elle rampe à ses pieds et ressente une véritable douleur. C'est ce qu'elle cherchait. A la fin, il n'avait plus aucun respect pour elle et ça m'a dégoutée. Fais attention, Bertrand, elle prend son plaisir comme ça : Elle se soumet jusqu'à ce que tu lui fasses bouffer sa merde et le jour où tu faiblis, elle devient odieuse et te saute à la gorge. Je l'aime beaucoup et je voudrais qu'elle s'en sorte. Mais je ne suis pas sûre que tu y parviennes.

En effet, quelques semaines plus tard, l'orage éclate sans crier gare avec une violence inouïe. Ruby et Bertrand reviennent d'un rendez-vous avec le directeur général d'un groupe industriel dans la banlieue de Philadelphie. L'entretien s'est terminé par une véritable conférence devant un parterre de chercheurs et de laborantins. Ruby, qui avait bien étudié le dossier, prit en main la séance. Elle fit forte impression en vantant les talents exceptionnels d'une étudiante de l'université d'état du Colorado. Bertrand n'avait plus qu'à s'en tenir aux modalités administratives.

En pénétrant dans le luxueux motel réservé par Faith sur la route de New York, Bertrand propose de faire du shopping le lendemain matin à Manhattan. Ruby ne semble pas l'entendre, elle est encore toute exaltée en évoquant son exposé. Il glisse la carte magnétique dans la serrure et pose distraitement un baiser sur ses lèvres. Il l'interrompt ainsi dans son élan oratoire et elle démarre soudain sur un tout autre ton :

- Espèce de sale petit maquereau ! Tu devrais plutôt donner une rouste à ta catin qui t'as volé la vedette et fait de l'œil au parrain du clan des siciliens ! Tu as vu comment cette bande de cloportes en avait après ma jupette pied de poule ? Alors maintenant, tu voudrais m'offrir un tailleur bon chic bon genre de chez Macy's dans la cinquième avenue ?

Bertrand aurait peut-être dû répondre d'un rire gras et sarcastique. Mais il est d'humeur tendre, encore tout ému par la brillante prestation de Ruby et il est las des simagrées dans lesquelles elle l'enferme tout le temps. Cette fois-ci, il n'a pas envie de rentrer dans son petit jeu et dérape au raccord du montage. Il lui fait humblement part des émois de son cœur. Mais elle n'en a que faire parce qu'elle déteste ça. Viscéralement, profondément ! Elle ne veut surtout pas entendre les pleurnicheries de ce raseur sentimental.

- Garde ces boniments pour ta Stéphanie ! Je ne reste avec toi qu'à cette condition. Je joue à la femme soumise pour que tu roules stupidement des mécaniques. C'est ton machisme qui m'excite, pas la guimauve que tu es en train de vomir. Si tu joues à l'amant transi et me demandes en mariage, tu te trompes d'adresse ! Je ne deviendrai jamais la bobonne grognonne d'un petit père tranquille. Tu comprends, bordel de merde ? C'est ma liberté !

- Mais ça n'empêche pas…

- Si, ça empêche ! Bon, écoute-moi bien, espèce de rond de flan : J'en ai marre de ton romantisme à la gomme ! Si tu le prends comme ça, je ne vais pas te faire un dessin ! Tu me vois, là, devant toi, hein ? Hé bien, voila, pauvre petite fiotte : je me CASSE…

Elle claque violemment la porte. Il hésite et la suit en courant. Elle essaie de foutre le camp avec la voiture mais il lui arrache les clés.

- Laisse-moi tranquille, petit connard de merde !

Hors d'elle, elle traverse la route sans faire attention. Deux automobilistes freinent bruyamment. L'aile de la Buick l'effleure à peine mais elle gueule à tout va que Bertrand lui manque de respect. Un attroupement se forme. Deux types le ceinturent et appellent le shérif. Trois heures au poste à se justifier en avalant leurs boniments. Finalement, ils le relâchent, parce qu'elle n'est pas restée pour porter plainte.

Quand les flics le reconduisent au motel, elle a filé depuis longtemps.

Bertrand rentre à Boston le lendemain dans une voiture de location et passe la soirée chez Winston à boire des bières et à déblatérer sur les nanas. Il est désespéré, prostré, incrédule, et la fumette n'arrange rien à l'affaire.

- Ça allait si bien… Nous étions tout l'amour du monde. J'étais fou d'elle. Elle s'offrait à moi dans de violents combats érotiques. On aurait dit la brave chèvre de Monsieur Seguin qui se laisse croquer au petit matin ! Quand je la baisais, je possédais toutes les femmes. J'étais aussi mon frère Guillaume : Je chevauchais sa femme courte et boulotte, perchée sur ses talons hauts. Je chuchotais même son prénom : Clotilde ! J'ai du mépris pour cette femme mais je voudrais m'en rendre maitre, la posséder comme Ruby. Quand elle m'a échappé hier, j'ai cru qu'elle allait se faire écraser. Ma parole, je le désirais ! Si elle me quittait, elle devait y passer. J'en bandais encore quand ces gros porcs m'ont menotté. J'éprouvais la jouissance du loup qui dévore sa proie après l'avoir épuisée toute la nuit…

Quatre mois d'errance dans une culture qui n'est pas la sienne et Bertrand, livré à ses pulsions, perd déjà tous ses repères. Foi de Winston, si on ne l'arrête pas, il finira par tuer père et mère…

9 – Une épopée grecque

Stéphanie est née à Tours entre ses deux sœurs, d'un père expert-comptable et d'une mère architecte. Monsieur Legendre s'est toujours défendu de désirer un fils. Chaque fois qu'il le pouvait, il était fier de présenter ses trois filles en déclarant à la cantonade :

- Voici les demoiselles Legendre : Ingrid la blonde, le portrait de son père, Stéphanie la brune, la réplique de sa mère et Alizée la rousse, notre charmant produit de synthèse.

Pour ce qui est de leurs caractères, ce n'est pas aussi simple. L'ainée est intrépide, volontaire, excentrique. Elle a étudié les beaux-arts comme sa mère. Stéphanie est studieuse, opiniâtre, réservée, secrète... Elle a l'esprit cartésien de son père et choisi les mathématiques. La petite dernière est, bien entendu, capricieuse et séductrice. Elle était toujours pendue aux jupes de sa mère, mais elle est douée pour le commerce.

Stéphanie a suivi sa grande sœur à Paris et fait ses études dans la bohème post-soixante-huitarde. A dix-neuf ans, elle tomba amoureuse de Rodolphe, un colosse hongrois aux yeux clairs et bridés et aux pommettes saillantes à la Corto Maltese. Leur fils Kilian vit chez son père depuis l'âge de seize ans et travaille avec lui dans son atelier d'orfèvre rue

Saint Blaise, un quartier d'artisans devenu bourgeois-bohème situé derrière le cimetière du Père Lachaise.

Coté britannique, Aaron a lui aussi un fils d'un premier mariage. Le gamin a pratiquement été élevé seul par sa mère. Aaron s'est tout de même arrangé en temps utile pour le faire entrer dans la finance. Le grand père dirigeait déjà une banque. Aaron a grandi, comme son fils, loin du Londres des affaires, élevé par sa mère dans un charmant cottage dominant la baie de Salcombe, à l'extrême pointe sud du Devon. Il semble bien de tradition familiale que chez les Riley, les hommes soient dans les affaires, férus de voile et fassent de piètres chefs de famille.

La relation entre Stéphanie et Aaron s'est rétablie sur un plan strictement professionnel. Elle ne pense pas qu'il franchira à nouveau la ligne jaune, parce que ce n'est pas le genre de type à faire machine arrière. Il a réservé à Athènes deux belles suites adjacentes avec vue sur l'acropole et entame leur première réunion de travail sur une table d'aide de camp installée par le concierge dans sa chambre. Il évoque avec suffisance son « passé colonial. »

- Nous avions programmé une belle croisière dans les iles grecques sur un ketch de 18 mètres commandé par un skipper suédois. Yohanna appréciait surtout les escales : Mykonos et les Cyclades, Santorin. Nous devions ensuite faire le tour de la Crête, mais Yohanna a préféré que nous remontions tranquillement sur Athènes en cabotant le long du Péloponnèse. Le pays de Pélops, fils de Tantale ! On y trouve les plus importants sites archéologiques.

Ce soir, nous sommes attendus chez Rena Ionatos, la fameuse marchande d'art dont je t'ai parlé. Elle a fait sa fortune dans le recel de chefs d'œuvres de l'antiquité mais sa vraie passion, c'est l'art moderne. Elle m'a mis en relation avec quelques clients, bien que la brocante ne soit plus son domaine. C'est pourquoi elle ne souhaite pas se charger de la transaction, d'autant que Yohanna est sa meilleure amie. Il vaut mieux ne pas mélanger les genres. Tu verras, elle est très sympathique. Elle va tout de suite te mettre le pied à l'étrier.

- Je commence à avoir le trac.

- Comme toutes les grandes actrices ! Mais Rena s'occupera de toi : Elle sera ton coach et ta marraine. Dans le milieu, sa parole est d'or. Si quelque chose cloche, elle le dira tout de suite pour que nous puissions ajuster la voilure. Demain, rendez-vous avec l'expert auprès des musées nationaux. Tu m'accompagneras pour sortir le chien du coffre. Il sera convoyé en fourgon blindé jusqu'au laboratoire de l'Institut. C'est toi qui as demandé l'expertise. Tu ne les quitteras pas jusqu'au déballage et assisteras aux premiers examens. Ces messieurs devront aussi valider mes certificats.

Rena est une femme enjouée et bavarde. Bien qu'elle soupçonne une relation entre Stéphanie et Aaron, elle ne fait aucun commentaire et s'en tient aux strictes données objectives. Sa villa est une vaste galerie de peinture. Les larges baies vitrées donnent sur l'incontournable carte postale de l'acropole illuminée sous la pleine lune et cernée par les cordons de feux rouges du trafic automobile. Le ciel est d'un mauve vespéral. De grandes toiles contemporaines sont réparties sur les murs, ponctuées de petits formats encadrés, de dessins et de lithographies. Quelques sculptures abstraites sont disséminées au milieu d'un mobilier baroque recouvert de cuir blanc. Un grand dalmatien à poil raz somnole sur son tapis Kandinsky. La Reine questionne son élève et lui souffle les réponses pendant que Lord Aaron arpente la pièce en agitant les glaçons dans son verre à whisky. Plusieurs personnalités du monde culturel et de riches collectionneurs étrangers défilent bientôt devant les toasts et les petits fours.

On fête l'arrivée sur le marché d'« Œdipe et le sphinx, » une lithographie originale sur papier vélin d'Arches, d'après l'œuvre de Francis Bacon, signée au crayon par l'artiste. Cette perle rare est confinée dans un réduit sans fenêtre, protégée par un couvercle en verre truffé de détecteurs d'intrusion. Son graphisme épuré souligné au trait noir, ses perspectives délirantes, ses aplats uniformes de tons pastel diaphanes contrastent avec le réalisme obscène des taches de sang. Des idéogrammes empruntés plus à la bande dessinée qu'à la langue grecque signalent les trois éléments clés de la représentation : Les pieds percés du jeune Œdipe après la révélation de l'oracle, l'organe de la perpétration de l'inceste et l'auto-aveuglement.

Aaron boit beaucoup trop. L'idée de s'infliger à soi-même un tel châtiment le met dans tous ses états :

- Voyez l'horreur de son œil écorché, resté collé à la broche ensanglantée… Il s'est crevé les yeux avec le bijou de sa mère, sa « chatte, » qui prend la forme d'une Erinye, ces déesses infernales et vengeresses qui punissent les crimes de sang. Car aucun être humain ne peut punir un crime de sang ! Aucun. Vous m'entendez ? Aucun !

Quels démons agitent donc Aaron ? Stéphanie le comprendra plus tard. Vers onze heures, il devient incontrôlable. Avec difficulté, elle le ramène à pied à travers les ruelles bruyantes de la Plaka et le conduit directement dans sa chambre. Aaron est content car Stéphanie a séduit les pontes de l'art, Rena l'a assuré en lui enfonçant l'ongle de son pouce dans l'avant-bras. Il félicite Stéphanie avec le détachement de l'ivrogne qui sait qu'il n'a aucune chance. Elle lui sait gré de ne pas se montrer trop familier. Il s'endort dans son costume froissé et Stéphanie le veille un moment, la tête vide.

Dès que le Chien d'Or quitte le temple Art déco de la Banque du Pirée, Aaron se montre nerveux et vindicatif. Il s'est démené pour que les émissaires de ses grands acheteurs défilent au le laboratoire d'analyses pendant la semaine d'expertise. Mais en principe, les visites sont interdites et Stéphanie doit graisser la patte du concierge et des laborantins. Elle accompagne les visiteurs et fait monter les enchères devant l'animal détaché de son piédestal.

La fiche signalétique décrit un lévrier du Pharaon. Buste élancé au long cou, museau fin, grandes oreilles dressées, en position assise sur son socle baroque en marbre blanc veiné de vert et mouluré, au piètement de bronze finement ciselé. La bête mesure trente huit centimètres de haut. Elle est en or massif, creuse à l'intérieur, mais pesant tout de même plus de trois kilos. C'est une commande du Prince napolitain Raimondo de Sansevero à un célèbre orfèvre florentin. La référence au gardien des chèvres de Zeus n'est pas mentionnée à l'origine, mais la sculpture a pris cette dénomination particulière en passant de mains en mains.

Les services du patrimoine ont un droit de regard sur l'exportation des œuvres d'art, c'est pourquoi Aaron préfèrerait le céder pour un prix raisonnable à un citoyen grec, afin d'éviter les complications administratives. Aucun doute cependant que l'objet finira chez un collectionneur étranger. L'offre la plus intéressante vient du Sieur Antonakis, un richissime négociant en agroalimentaire qui ne fait pas mystère de ses relations commerciales à l'international.

Pour sceller leur entente, Antonakis invite Aaron sur son ile privée dans l'archipel des Cyclades en compagnie de sa « charmante chargée d'affaires. » La traversée de huit heures a lieu le samedi suivant, à bord d'un puissant navire de croisière de seize mètres de long. Les douze passagers, dont trois membres d'équipage, respectent une stricte parité hommes-femmes. Certaines d'entre elles sont plutôt jolies et accommodantes. Aaron, toujours survolté, prend des libertés avec ces dames en abusant du bourbon de cinquante ans d'âge. Plus modestement, Stéphanie réunit des informations sur leur hôte, en particulier auprès de Julio, un charmant dilettante espagnol rôdé aux extravagances de la jet-set.

A leur arrivée, la fête bat son plein sur l'ile de Kerios. Les invités sont accueillis au son du bouzouki sur la jetée. Le petit village de pêcheurs est aménagé en chambres d'hôtes. Chacun se voit attribuer une maisonnette. Le maître des lieux donne une party en soirée dans la cour du fort, au sommet de l'ile. En attendant, chacun prend ses quartiers, découvre le hammam et le bar-restaurant-discothèque. Stéphanie s'amuse de ce petit univers de schtroumpfs aux maisons blanches à toits terrasses et petites coupoles bleues, aux ruelles escarpées recouvertes de grandes dalles de schiste.

Antonakis reçoit sous les vélums, drapé comme un César d'une tunique blanche et couronné de lauriers. Il y a beaucoup de monde autour de la piscine dont le fond est décoré d'une mosaïque antique. La cour seigneuriale offre une vue imprenable sur l'immensité de la mer Egée et d'autres petites iles lointaines. Un mur d'enceinte a été abattu et remplacé par de grands pans de verre qui protègent du vent du large. La fraicheur hivernale est tempérée par des projecteurs radiants. Trois sirènes en monokini nagent dans l'eau fumante. Aaron fend la foule pour retrouver Stéphanie. Il la présente avec exubérance à un couple de milliardaires. Il fait mine de la jeter à l'eau avec son dandy espagnol. Stéphanie salue Antonakis et redescend vite au village avec le petit groupe d'amis de Julio. Dans le bar musical, on parle toutes les langues et chacun se singularise par un style vestimentaire exacerbé. Stéphanie se revoit vingt ans en arrière dans les rues d'Ibiza, au milieu de cette jeunesse dorée, prête à toutes les folies pour se sentir exister. Julio la drague et la fait danser au grand dam d'une pin-up qui les boude aussitôt. Tout cela lui parait bien artificiel. Elle s'esquive discrètement pour retrouver un peu de calme dans son meublé de pêcheur high-tech. Elle met de l'ordre dans son disque dur, déchiffre un protocole de vente d'œuvres d'art rédigé en anglais, transmis par Rena.

Soudain, elle reconnait les éclats de rire d'Aaron. Il dégringole le pas de mule de la ruelle, enlacé à une minette qui se tortille en émettant des halètements suggestifs. Aaron la pousse sans ménagement dans sa maisonnette et claque bruyamment la porte. A travers les vitraux, Stéphanie les devine qui grimpent cahin-caha le petit escalier. Les exclamations étouffés et les ombres chinoises projetées sur les voilages de la chambre lui rappellent avec un pincement au cœur leurs propres ébats au Domaine des Verts Champs.

- La Grèce est un pays en chute libre qui ne peut plus payer ses dettes. Les pauvres sont prêts à tout pour survivre et les riches, qui ont détourné la manne européenne, se rassurent en brulant leurs dernières cartouches.

Aaron fait de la géopolitique pour expliquer à Stéphanie le « piège » dans lequel il est tombé la veille.

- Si le roi nègre me présente sa favorite, je me dois de l'honorer.

- Mon pauvre Aaron, à quoi en es-tu réduit pour vendre cette malheureuse statuette ! Ces rapports d'esclavage ne te choquent-ils donc pas ?

- Mais non ! Il s'agit de strictes relations professionnelles. Antonakis se félicite de notre accord et me remercie de mon geste commercial. Je n'allais pas bousculer l'étiquette et flanquer toute la négociation par terre ! Et crois-moi, cette fille connait son métier. Elle sait mener sa barque et gagner sa croute ! Dis plutôt que tu es jalouse… A propos, as-tu joint l'utile à l'agréable de ton coté ?

- Avec ce Julio ? Tu ne crois pas que j'ai flairé l'arnaque ?

- Mais quelle arnaque ? Enfin… Comme disait Lénine : Le romantisme est la maladie infantile du capitalisme ! Tu ne crois pas que ce bel hidalgo te draguait pour tes beaux yeux ? En tout cas, je t'assure que ce gigolo n'est pas au service d'Antonakis. Tu n'aurais pas mérité un tel traitement de faveur...

- Ah bon, et qu'est-ce qu'il fait ici, alors ?

- J'ai pris mes renseignements, moi aussi. Julio vient de la vieille noblesse espagnole. Il a peut-être de bonnes raisons de s'intéresser à tes talents. Antonakis veut le déplumer de son patrimoine artistique et le pauvre diable cherche certainement en toi une alliée.

- Mince alors ! Il va me falloir tout reprendre à zéro !

- Alors que j'étais contraint d'accepter les services d'une prostituée pour sauver ton honneur...

- Sans blague ! Comme je compatis... Tu fais preuve d'une telle noblesse de cœur !

Dans la matinée, les affaires sont rondement menées. Les joues fardées d'Antonakis sont toilettées et rasées de près, il porte un complet veston anthracite. Entouré de ses conseillers fiscaux, il reçoit Aaron et Stéphanie dans son bureau : Cinq mètres sous plafond en boiseries de palissandre. Le montant de la transaction étant convenu, il reste à définir les modalités pratiques. Aaron assurera la logistique à Athènes pendant que Madame Legendre pilotera les démarches administratives depuis les quartiers du haut commandement : On met à sa disposition un petit bureau avec fax et téléphone satellitaire dans une tour du vieux fort. Toutes les phases du processus sont étudiées, le planning est calé. On envisage même un plan B si des contretemps venaient des autorités, des banques ou des compagnies d'assurances.

Alors que son hélicoptère vrombit sur le toit du fort, Aaron fait ses adieux et ses dernières recommandations à Stéphanie. Ils ont du mal à tenir debout sur le chemin de ronde, tellement le Meltem souffle en bourrasques autour des remparts. Elle redescend au village et s'installe devant le café désert. Dans la petite rade, les bateaux ont largué les amarres. Seules deux barques au gréement latin bouchonnent le long de la jetée. La plupart des invités ont regagné le continent. Julio surgit d'une ruelle et grimpe sur la terrasse.

- Vous avez conclu un accord avec Monsieur Antonakis ?

Stéphanie acquiesce mollement. Elle relève ses lunettes de soleil, les plante dans les cheveux et entrouvre son manteau de peau lainée sur un tailleur prune. Julio apprécie d'un air entendu, histoire de la mettre à l'aise.

- Ici, il faut se méfier de tout le monde. C'est un peu comme le village enchanté de la série « Le Prisonnier. » Vous êtes dans le rôle de Patrick McGoohan : Vous ne savez plus qui vous êtes, vous confondez les détenus et les gardiens. N°6 est convoqué par le maître sous le Grand Dôme. La ruse est sa seule arme.

- Ce n'est pas très réjouissant, votre histoire !

- Je ne serais pas surpris de trouver des micros dans les chambres…

- Quel genre d'affaire vous amène sur l'ile ?

- Probablement du même ordre que la vôtre : Je cherche de l'argent frais. Mais avec Antonakis, je ne sais plus si j'en ai encore les moyens ! Je possède quelques « châteaux en Espagne » ruineux et sans valeur depuis la chute de la bulle immobilière… Je lui propose les portraits de mes ancêtres, classés au patrimoine et invendables par les filières traditionnelles.

- Ne lui cédez pas.

- C'est vous qui le dites ! Si je ne fais rien, c'est la saisie à plus ou moins court terme. Auriez-vous une autre solution à me proposer ?

- Je commence à croire que mon employeur n'a pas la conscience tranquille pour s'adresser à une telle canaille. Vous pourriez certainement vous en tirer autrement.

- Je pourrais lui vendre le sable de l'Andalousie, mais il est trop malin. Les tableaux sont entreposés dans la campagne de ma mère, au nord de Thessalonique. Elle est grecque, vous savez ? Les alliances de cape et d'épée sous l'ancien régime... Antonakis blanchit les transactions de la mafia sicilienne. Il donnera une seconde vie à mes aïeuls aux Etats Unis.

- Avez-vous une base documentaire, pour que j'évalue votre collection ?

- Tout ce qu'il y a d'officiel, je vous remercie.

- Voici mon e-mail. Je suis en relation avec la galeriste athénienne Rena Ionatos, c'est une amie.

- Je la connais de réputation. Elle ne se compromet plus dans l'évasion des œuvres d'art.

- C'est justement pour cela qu'il faut s'adresser à elle.

Dans un premier temps, Aaron doit remettre en sureté le Chien d'Or à la banque, mais c'est impossible à cause des lenteurs de l'expertise. Ça ne l'empêche pas d'encaisser le premier acompte en liquide remis par le trésorier d'Antonakis au dernier étage de son holding d'import-export. Les résultats du laboratoire sont concluants, tout particulièrement en ce qui concerne la qualité de l'or. Aaron les transmet immédiatement à Stéphanie, la « tour de contrôle. » Ils ont convenu de certains codes chiffrés pour valider chaque étape de la transaction. Au début, elle trouvait l'idée extravagante, mais vu la mauvaise qualité des communications et la suspicion instillée par Julio, le procédé ne semble pas inutile. Aaron épelle le mot de passe convenu pour les cent mille euros. Evidemment, il ne peut pas s'empêcher de rajouter une plaisanterie.

- Tu es son otage, maintenant, Stéphanie. Ta tête vaut cent mille dollars. Je me demande si je vais laisser mon chien à ce mécréant. Je pense à la légende : « *Tantale fait le serment à Hermes, gardien du temple, qu'il n'a jamais reçu le chien de Pandarée.* »

Concernant les tableaux de Julio, les choses se présentent bien : Suite à un bref échange électronique, Rena accepte la proposition de Stéphanie et la félicite d'assimiler si vite le métier. Les portraits pourraient intéresser les descendants solvables de ces nobles familles et peut-être certains musées régionaux. Encore faut-il établir une relation de confiance avec ce milieu et rendre attractive la collection. Stéphanie conseille à Julio de décliner l'offre de l'homme d'affaires. Antonakis a déjà compris leur petit manège et met tout de suite Stéphanie à l'aise : Ce rôle de passeur de croutes n'était pas de son niveau. Tu parles ! Mais cette entente précipite le départ du jeune protégé de Stéphanie. Julio lui fait des baisemains à tire larigot et promet de la revoir bientôt. Leur dernière conversation porte sur le logarithme népérien devant une moussaka d'aubergines. Julio adore les échecs et se passionne des progrès de l'informatique. Un logiciel peut-il évaluer la portée d'un seul coup sur toute la partie ? L'atmosphère est à la détente et l'histoire des grains de blé sur l'échiquier leur donne de joyeux fou-rires :

Le grand sultan demande à l'inventeur du jeu d'Echecs ce qui lui ferait plaisir pour récompenser son travail. Celui-ci sollicite avec humilité une bien modeste rétribution : Un grain de blé sur la première case de l'échiquier, deux sur la seconde, puis quatre, huit, et ainsi de suite en doublant la mise jusqu'à la soixante-quatrième case. Le grand sultan accepte la proposition en se frottant les mains. C'était sans compter que l'on obtient ainsi plus de 18 milliards de milliards de grains de blé, soit 680 milliards de tonnes, la production mondiale actuelle pendant 500 ans !

A Athènes, Aaron doit encore doubler la mise, en virements bancaires cette fois, et sur deux comptes londoniens différents. Il est convenu qu'il cède son trésor dès la confirmation du deuxième versement, terme de rétractation échu. Mais les pratiques bancaires sont différentes d'un pays à l'autre et Stéphanie reste quarante huit heures dans l'expectative, craignant la défaillance d'une des parties : Le grec est injoignable, en déplacement pour affaires, l'anglais est espiègle et imprévisible. Il prétend qu'il claque ses millions avec une duchesse au casino de Monte Carlo ou qu'il est poursuivi dans la pampa vénézuélienne par des mercenaires à la solde du magnat, la statuette emmaillotée dans un sac à dos. Les communications avec le continent sont de plus en plus mauvaises. Tempête sur la mer Egée ou brouillage délibéré ?

Le village de Kerios est désert pendant la semaine et les trois grâces d'Antonakis assiègent le petit bureau de Stéphanie. Elles l'attirent dans leur harem pour fumer la chicha ou prendre des bains d'algues à l'huile d'eucalyptus. Finalement, la Standard Chartered, une banque de capitalisation boursière de la City orientée sur les marchés asiatiques, confirme le dernier paiement. Aaron annonce qu'il vient libérer sa belle.

Stéphanie grimpe sur le toit et se met au garde-à-vous avec tout le personnel autour de l'aire d'atterrissage. On accueille obséquieusement ces messieurs. Antonakis brandit le Chien d'Or sous les bravos. Aaron félicite Stéphanie d'une pantomime burlesque. Il lui suggère de faire un tour dans les iles mais elle n'est pas d'humeur et refuse même d'assister à la mise en place du totem sacré dans la crypte-musée du fort. Elle en a assez de tout ce barnum et s'enferme dans ses appartements en attendant le départ. Aaron passe la nuit au palais. Il la rejoint le lendemain matin. Le retour s'effectue à bord du même bateau à moteur mais les passagers restent allongés dix heures au fond de la cabine, malades à en crever : La mer est démontée et ils arrivent complètement lessivés.

Aaron retrouve des couleurs au cours du diner à l'hôtel. Il raconte à Stéphanie que les pontes du ministère voulaient garder le chien d'or. Il a dû le récupérer manu militari avec le soutien des nervis d'Antonakis : « *Pandarée vole le chien d'or dans le temple de Zeus et le confie à Tantale, fils de Zeus...* » La Bibliothèque de l'Académie des Arts, Sciences et Lettres d'Athènes l'aurait bien exposé lors d'une manifestation culturelle. Stéphanie trouve qu'Aaron y est allé un peu fort :

- En effet, tu aurais pu lui réserver un plus noble destin.

- L'Académie m'en proposait cinquante mille. Et encore ! Sur le budget européen de l'année prochaine. Du vent ! Ce pays est insolvable. Ils n'ont plus les moyens d'entretenir leur patrimoine et l'administration organise sous le manteau l'évasion des antiquités.

Rena et Stéphanie rejoignent Julio dans la propriété de sa mère pour examiner les tableaux. Rena adore ce genre d'escapade. Un petit vol pour Thessalonique et elles grimpent vers la frontière bulgare dans une voiture de location. Stéphanie est heureuse de mettre à profit ses derniers jours de vacances.

- Je n'en pouvais plus de ces iles à touristes. Je ne suis pas prête d'y retourner !

- Il faut dire qu'en hiver, elles ne présentent pas beaucoup d'intérêt. Mais à présent, finis les temples hellènes et la mer Egée. Nous explorons le moyen-âge byzantin de Macédoine.

Au bout d'une demi-heure, elles quittent la belle autoroute européenne inachevée qui devait aller jusqu'à Sofia. La route nationale traverse des villages aux maisons récentes, toutes construites sur un plan carré, entourées de balcons à l'étage et couvertes d'un toit plat. A Provatas, il reste quelques bâtiments anciens. La vieille église copte enduite d'un vilain crépi orange est isolée sur un terrain vague. A la sortie du village, après les dernières maisons en construction, Rena trouve un mauvais chemin de terre qui mène à la propriété.

Un petit corps de ferme et une grande bastide aux persiennes pendantes, flanquée de deux cyprès centenaires.

Au fond de la cour, une chapelle au clocher écroulé attend son heure au milieu des ronces. Julio apparait sur le perron inondé de soleil. Il embrasse les deux femmes et les introduit dans la pénombre. Rien n'a changé depuis la dernière guerre. Julio opine tristement du chef. Un gros poêle russe habillé de faïence chuchote dans un coin. De vieux tapis élimés se plissent dans les anfractuosités des dalles de pierre brisées. D'impressionnants lustres en cristal recouverts de poussière pendent aux plafonds fissurés. Les fenêtres sont occultées par de lourdes toiles de Jouy aux tons pastel représentant des scénettes champêtres désuètes. Des gravures anciennes piquées de chiures de mouches sont pendues de travers sur un pauvre papier peint à rayures. Dans la salle à manger, Madame Mère est assise à une grande table branlante. Elle trie de la paperasse sur une nappe brodée maintes fois reprisée. Julio fait les présentations.

- Nous vivions avec un certain panache à Madrid, selon les conventions sociales dues à notre rang. Mère préfère le mode de vie plus simple de son enfance, rythmé par les travaux des champs. Nos braves paysans sont pleins de ressources et respectueux des traditions.

La maitresse de maison les embrasse chaleureusement, avec la spontanéité d'une authentique villageoise.

- Mon époux a patiemment réuni ces tableaux durant toute son existence, à la mémoire de nos deux familles. Mais ces vieilles barbes aux cheveux poudrés me donnent le cafard ! Je ne veux pas finir ma vie sous leurs regards pleins de mépris. Nous comptons sur vous pour en tirer un bon parti.

Dans un long corridor, sous un escalier droit à rampe de fer forgé, une soixantaine de portraits sont empilés le long du mur, posés sur chant à même le sol dans leurs cadres aux dorures baroques. Julio apporte une lampe halogène et sa mère fait les présentations en tournant les visages vers la lumière. Les toiles anciennes sont splendides, signées de petits maitres. Elles constituent un ensemble remarquable de dignitaires européens de l'ancien régime. Rena voit déjà leur succès auprès du grand public.

Les deux amies dorment sous de gros édredons camphrés dans une chambre Napoléon III. Le lendemain, Julio profite de leur voiture pour se rendre à Thessalonique. Stéphanie est enchantée qu'il les accompagne et lui pose des tas de questions. Son téléphone capte enfin le réseau aux abords de Skotoussa. Elle reçoit coup sur coup deux messages d'Aaron. Il doit quitter Athènes dans la précipitation pour régler une affaire urgente. Il la remercie de sa collaboration et laisse à l'hôtel tout ce dont elle a besoin pour rentrer en France. Pas moyen de le rappeler, elle tombe directement sur le répondeur. Julio comprend son embarras et décide de l'accompagner à Athènes. Il faut éclaircir cette affaire. Il en profitera pour mettre au point avec Rena les modalités de la vente.

Au Palace du Roi George, le concierge sort une mallette du coffre de l'hôtel. Il laisse Stéphanie et Julio l'examiner dans un petit cagibi. Stéphanie compose le code d'ouverture envoyé par Aaron dans son SMS. Elle trouve deux pochettes en toile fine « à mettre autour du cou pour passer la douane » contenant son salaire en billets de 500. Stéphanie déchiffre avec Julio la notice sibylline du financier britannique et fourre le tout dans son sac de voyage. Ils grimpent quatre à quatre l'escalier d'honneur de l'établissement. Dans sa chambre, Stéphanie appelle Yohanna en France. Celle-ci n'a pas l'air tellement étonnée :

- C'est justement pour éviter cela que je tenais à ce que tu l'accompagnes. J'espérais que tu le retiennes, mais il a trouvé le moyen de te fausser compagnie.

- Tu sais où il est ?

- Je m'en doute, oui. Il est en train de faire une bêtise.

- Est-ce que je peux faire quelque chose ?

- Ha la la, Stéphanie, c'est bien difficile à dire ! Je suppose qu'il a rejoint une amourette et qu'il a l'intention de venger sa fille. Il vaudrait peut-être mieux que tu restes en dehors de tout ça…

- Une amourette ? Comment ça, se venger ?

- De façon violente, j'en ai bien peur. Il n'a pas accepté ce qui s'est passé là bas et maintenant qu'il a l'argent, cette idée absurde de vengeance le reprend !

La communication est entrecoupée. Les propos de Yohanna deviennent incohérents, empreints d'une vive émotion, ponctués de soupirs d'impuissance, de cris de désespoir… Julio perçoit ces éclats de voix et comprend le désarroi de Stéphanie. Celle-ci s'en veut d'avoir mal évalué les enjeux de sa mission. Elle a mauvaise conscience, ce qui rend Julio mal à l'aise. Alors, la main sur le cœur, en un lyrisme chevaleresque, il exhorte son amie de vaincre les forces du mal. Stéphanie le considère, incrédule. Elle laisse un message sur le répondeur de la fac de Montpellier pour prévenir de son éventuel retard et rappelle Yohanna dans la foulée. Après quelques échanges incertains, elle finit par obtenir une adresse qu'elle note sur le papier entête de l'hôtel. Julio est décidé à faire corps et âme avec elle. Dans son élan, il va jusqu'à la tutoyer :

- En plein cœur de la Crète ! Mais tu ne vas pas te rendre toute seule là-bas ! Tu ne parles pas un mot de grec et n'imagines pas la rudesse de ces insulaires. Stéphanie, je suis ton obligé : Accepte mon assistance dans cette mission périlleuse. Ton patron est un triste sire pour compter ainsi fleurette à une paysanne crétoise. Je ne sais pas quels sont vos relations, mais si tu es l'amie de son épouse…

Stéphanie est dépassée par les évènements. Elle a besoin de temps pour réfléchir. Julio a rendez-vous avec Rena. Il propose de retrouver Stéphanie dans la soirée. Elle ne se décide pas à appeler Bertrand. Il faudrait lui raconter trop de choses et rien n'est clair dans son esprit. Elle met en route le climatiseur et s'assoupit sur le lit. Son rêve de la nuit dernière la reprend.

Elle est allongée sur une chaise longue dans la fraicheur d'un patio verdoyant. Elle médite devant le bassin d'agrément d'une hacienda plombée sous le soleil d'Andalousie. Un joyeux pipi d'eau retombe en gouttelettes étincelantes sur les fleurs de nénuphars qui se dandinent langoureusement. Des canaris multicolores sautent de branche en branche dans les oliviers et leurs pépiements raisonnent sous les arcades du péristyle. La présence élégante et mystérieuse de l'homme de sa vie se manifeste en marge de son champ de vision.

Mais Stéphanie se redresse soudain au carillonnement du téléphone. C'est un petit message galant de son aficionado. Elle a dormi profondément pendant trois bonnes heures.

Elle l'aperçoit à l'autre bout du fumoir. Julio est calé dans un fauteuil club de cuir clair. Il parcourt distraitement un quotidien grec, les coudes pointés sur les accoudoirs, genoux écartés et talons joints. Il déploie, à son approche, son grand corps dégingandé et lui lance un sourire désarmant. Il est fraichement rasé, chic et décontracté dans un pullover bouffant. Ses bottines en suède gris volètent bientôt sur le sol de marbre blanc.

- J'ai pris une chambre dans votre palace !

Il lui tend les bras et l'invite à boire un verre. Elle n'a pas envie de diner au restaurant et tout le tralala. Ils commandent au bar une salade mixte et deux bières. La salle se remplit vers vingt et une heures, le pianiste embraye sur des standards jazz de plus en plus entraînants, un trompettiste écrase dans sa sourdine une mélopée à la Chet Baker. Ils dansent. Le regard de Stéphanie se fond irrésistiblement dans les prunelles du madrilène.

- Croyez-vous raisonnable de m'accompagner, Julio ?

- Mais bien entendu. Vous courez assurément de grands risques ! Quand Thésée débarqua en Crète, il s'attira l'amour d'Ariane, fille de Minos, roi de l'île des Dieux. Il tua le Minotaure endormi, suivit le fil d'Ariane, sortit du labyrinthe, saborda la flotte crétoise et s'enfuit avec sa belle… pour l'abandonner sur le rivage de Dionysos.

Le programme est séduisant. En un claquement de doigt, Julio demande au concierge de réserver deux places sur un vol pour le lendemain.

C'est jour de marché à Héraklion. Le centre ancien est encombré de charrettes maraichères et bondé d'une foule braillarde. Stéphanie et Julio déjeunent sur le vieux port. Puis ils remontent la marée humaine des rues commerçantes. Julio tire Stéphanie par la main. Il interpelle vendeurs et passants. Elle ne comprend pas comment il arrive finalement à louer une vielle moto dans l'arrière boutique d'une quincaillerie. Ils quittent bientôt la ville en deux roues, traversent la vallée des moulins à vent et s'engagent sur une petite route sinueuse qui grimpe dans la montagne. Ils s'arrêtent souvent pour laisser souffler la machine fumante et arrivent à Psyro au coucher du soleil.

Sur la place du village, une grande pièce aux murs badigeonnés de vert pistache fait office de café. Quelques vieillards en blouse grise, assis sur des chaises bancales, égrainent leurs chapelets sous les néons. Les pétarades de la moto n'ont pas troublé leur indolence anisée. Sans quitter des yeux Stéphanie, deux gars sortis de nulle part embrouillent Julio en remuant les bras dans tous les sens pour lui montrer le chemin. Nos touristes égarés abandonnent leur moto sous un réverbère et s'engagent à pied dans des ruelles pittoresques. Une gamine rit à leur approche et les amène devant une porte ouverte. Une jeune femme aux cheveux enrubannés d'un foulard surgit entre les lamelles colorées d'un rideau anti-mouches et se plante sur le pas de la porte. Uriana n'habite plus dans le bourg. Sa maison se trouve à mi-pente d'une draille cimentée qui monte droit vers la montagne au dessus du village.

La nuit tombe brusquement et le duo s'essouffle dans l'obscurité, assourdi par le cri des grillons. La lune se lève à peine, le ciel est rempli d'étoiles, seule la faible clarté d'un talus rocheux les guide. Un oiseau s'affole dans les buissons et ils butent sur leur gauche contre un muret de pierres sèches. On discerne la masse sombre d'une bâtisse en retrait. Une lueur vacille entre les fentes des vieux volets. Ils grimpent quelques marches à l'aveuglette et tâtonnent le long de la façade jusqu'à l'embrasure de la porte. La tranquillité des lieux leur donne le vertige après toutes ces heures passées à moto. Julio frappe plusieurs fois avant que quelque chose ne bouge à l'intérieur. Un homme entrouvre finalement la porte, le fusil à la main, et demande qui va là en grec. Stéphanie s'avance la première, elle reconnait la silhouette d'Aaron. Il les fait entrer en silence. Tous les trois se regardent bêtement en essayant de comprendre la situation.

- Yohanna m'a chargée de vous retrouver.

Les deux hommes évaluent la portée cette affirmation. Les mots ne sont pas sortis facilement de la bouche de Stéphanie. Qui se mêle exactement de quoi ici et surtout, que vient faire ce Jules ?

Aaron, sacré larron, pointe immédiatement son arme sur cette anomalie… et finit quand même par poser son fusil. Il a rasé son crâne, vêtu comme un paysan, pieds nus dans ses sabots, la culotte de velours côtelé maintenue par un bout de ficelle. Stéphanie est en baskets, jeans et blouson de cuir, un foulard noué autour de la taille. Julio porte un costume beige à col mao maculé de cambouis. Il traine un sac de voyage ficelé par des sandows. Au fond de la pièce, une femme en robe de chambre descend l'escalier. Elle est mince, le teint mat, les cheveux poivre et sel tombant sur les épaules. Aaron leur présente Uriana en lui caressant le dos. Inspiré par cette scène romantique, Julio pose délicatement la main sur les hanches de Stéphanie. Voilà à peu près où l'on en est !

Uriana les installe à l'étage dans une chambre au bout du couloir. Plancher rustique, éclairage à la bougie. Elle ouvre en grand la fenêtre et les volets pour aérer la pièce et laisse le couple admirer le panorama nocturne. Quelques chauves-souris couinent en zigzaguant et l'on devine à l'horizon, entre deux collines pelées dans la brume, le scintillement de la mer reflétant un timide croissant de lune. Ils s'allongent sur le lit en silence. En bas, tous les feux sont éteints, la maisonnée s'est rendormie.

Les deux couples partagent alors quatre nuits d'amour et de paix, respirant un air d'éternité. Ils dégustent sur la table rustique les produits du terroir préparés par une vieille servante. Leurs conversations prennent des sonorités changeantes, se réfractant dans les flammes du foyer crépitant. Stéphanie et Julio se parlent en espagnol, Stéphanie et Aaron en français, Uriana et Aaron en anglais, Uriana et Julio en grec. Un petit bonhomme de quatre-vingt dix ans, grand oncle d'Uriana, apparait tous les matins sur le banc de pierre devant la fenêtre de la cuisine et attend les ordres de la patronne. Ses nouveaux tâcherons de fortune ne l'enchantent guère, mais il emmène tout de même Julio et Aaron travailler aux champs ou ramasser du bois pendant que les femmes alimentent le foyer et discutent au soleil, assises à califourchon sur le muret de la terrasse.

10 – Dernier rêve américain

Faith a attendu patiemment son heure avec Bertrand. Elle a trouvé un locataire pour le remplacer à la maison verte. Winston et Garrett ne font pas de difficultés et le bail est conclu à effet immédiat. Bertrand traine encore quelques jours à Cambridge. Il espère renouer avec Ruby mais doit vite se résoudre à déménager. Faith est discrète et compréhensive, elle ne fait pas de commentaire sur leur aventure amoureuse, si ce n'est que cela devait fatalement arriver... Bertrand ne bronche pas quand il comprend qu'elle s'installe avec lui à Salem : Elle ne supporte plus les étudiants boutonneux et entend mettre fin aux assiduités d'une femme qui la harcèle depuis quelque temps à Cambridge... Elle insiste pour que Bertrand prenne la suite parentale du chalet. Elle préfère la chambre d'amis, plus indépendante. Hé bien, voila ! Ils déplacent les tables et les étagères dans le bureau pour créer à un espace bien à lui. Ils en profitent pour descendre à la cave des cartons abandonnés par Bruce. Faith n'avait même plus conscience de leur présence. Cette femme résolue et indépendante n'a pas su, en deux ans, reprendre ses marques de célibataire. Elle se laisse tenter par des femmes séduisantes, mais n'y trouve jamais son compte. En réalité, elle préfère avoir un homme à la maison. C'est bien mieux accepté à Salem et elle peut plus facilement se mêler à la bonne société de la classe dirigeante, même si un certain conservatisme provincial l'exaspère. Car sans vouloir se l'avouer, elle aime le pouvoir et l'argent, ce qui n'est d'ailleurs pas pour déplaire à Bertrand. Il s'est tellement fait chier avec les culs-terreux de Cazeneuve !

Bertrand présente ainsi les choses à Stéphanie, sans parler de son aventure avec Ruby, bien entendu ! Ruby l'a blessé, Ruby le tiraille encore. Il n'arrive pas à la reléguer dans un petit coin de son cerveau. Cet épisode amoureux a provoqué chez lui la résurgence de poussées libidineuses adolescentes et une régression de ses fantasmes sexuels dont l'apparition de son frère Guillaume et de sa femme Clotilde est un symptôme révélateur : A treize ans, ils avaient été, tous les deux, très amoureux de la même fille. Bertrand a toujours du mal à se rappeler de son prénom : Heu… C'est ça, Aurelia ! Cette fillette était fascinée par leur gémellité et se prêtait à leurs jeux érotiques bien innocents. Et puis, un jour, elle avait disparu du quartier. Ils en furent longtemps meurtris et se demandaient s'ils ne devraient pas un jour faire leur vie avec la même femme. C'est en tout cas la version de Bertrand, parce que son frère nia par la suite cette idée comme un arracheur de dents. Il est vrai que Guillaume devint très discret à propos de ses aventures amoureuses. Il cacha même à Bertrand sa relation avec Clotilde jusqu'à leur mariage. Guillaume lui rendit visite un soir dans sa chambre d'étudiant à Nancy. Il venait d'obtenir son diplôme et lui décrivit une fille comme s'il voulait avoir son avis. Bertrand s'en étonna parce qu'ils n'avaient plus ce genre de conversation depuis longtemps. A la manière dont son frère en parlait, Bertrand pensa que Guillaume voulait se débarrasser d'un flirt encombrant. Mais quand il lui proposa des scénarios de rupture, Guillaume lança comme par défi :

- Tu n'en voudrais pas, hein ? Eh bien moi, je suis très amoureux et nous allons nous marier.

- Ah bon ? Et comment s'appelle-t-elle ?

- Clotilde.

- Clotilde ?

Rien que le prénom le faisait déjà gerber. Ça faisait si CON. Et le pire, c'est qu'elle était vraiment comme ça ! Guillaume en avait plein la bouche, de sa Cloclo… Cloclo ! Cloclo ! Il a tout fait pour renforcer l'aversion de Bertrand. Il ne lui demanda pas d'être son témoin, et c'est tout juste s'il l'invita au mariage ! D'ailleurs, par un étrange concours de circonstances, Bertrand ne put même pas s'y rendre. Depuis, Clotilde raconte à tout le monde qu'il la déteste. Mais franchement, qu'est-ce qu'il en a à FOUTRE ?

Bertrand montre à Faith une vieille photo de lui avec son frère pour qu'elle se fasse une idée.

- Regarde, nous nous ressemblons toujours autant. Mais nous avons pris des chemins différents : Nous n'avons plus le même style, ni la même façon de penser. Nous étions de vrais clones jusqu'à l'adolescence, mais après l'incident d'Aurélia et surtout depuis son mariage, la cellule souche s'est brisée. Nous explorons des mondes différents et ne parlons plus la même langue. Bien sûr, chacun au fond de lui-même est encore curieux de l'autre, mais c'est devenu une curiosité malsaine. Nous nous croisons de temps en temps chez ma mère, mais Stéphanie ne l'a jamais rencontré, par exemple. Elle est tombée sur lui une fois au téléphone et elle essaie depuis de jouer aux entremetteuses. Ils ont soi-disant de longues conversations, elle voudrait rétablir le lien. Mais elle ne se rend pas compte qu'elle est très mal placée pour cela. Elle fait partie de la longue chaine qui nous a définitivement éloignés.

- C'est une situation assez courante entre frères et sœurs, tu sais.

- Oui, peut-être. Mais nous ne sommes pas des frères et sœurs ordinaires. Notre lien était quelque chose de quasi charnel. En apparence, nous pourrions encore facilement nous faire passer l'un pour l'autre, comme nous le faisions jadis pour taquiner nos camarades, mais dans notre fort intérieur, cette idée est devenue insupportable, contreproductive, destructrice. Nous ne sommes même plus capables d'évoquer sereinement le passé. Nous sommes devenus le coté pile et le coté face d'une même pièce de monnaie. Nous le regrettons certainement tous les deux mais nous partageons maintenant la même horreur de cette supposée ambivalence. Nous avons rompu l'alliance et nous évertuons dans nos vies à ne plus nous ressembler :

« *Race d'Abel, dors, bois et mange ;*
Dieu te sourit complaisamment.
Race de Caïn, dans la fange
Rampe et meurs misérablement.

Race d'Abel, ton sacrifice
Flatte le nez du Séraphin !
Race de Caïn, ton supplice
Aura-t-il jamais une fin ? »

- Tu es si malheureux de cette situation ?

- Oui, bien sûr. Bien que cela présente aussi des avantages. Disons que ce qui me dérange, c'est que je ne voudrais pas être à sa place parce qu'il est assez lâche pour me rendre responsable de cette situation. Il est persuadé d'être du bon côté, de réussir sa vie alors que je ne serais qu'une brebis galeuse. Il m'a chassé de l'Olympe pour assurer sa supériorité.

- Et toi, tu cultives les fleurs du mal…

- Oui, avec un certain esprit macabre. Au lycée, nous récitions à l'unisson nos poètes maudits et adorions des films de vampires, de morts-vivants et d'épouvante. Mais Guillaume a mis aussi cela à l'index. Il interdit à ses gamins de jouer à tous ces jeux vidéo. Pourtant je ne vois rien de malsain à rechercher ce genre de frissons.

- Pour se convaincre que la mort n'existe pas ?

- Peut-être. Ni la souffrance, ni la mort, ni le suicide ne détourneront l'homme de la recherche du bonheur ! Le principe du plaisir est le message fondateur du christianisme, il est la clé de voûte de notre civilisation occidentale. Nous le défendons âprement au nom de la miséricorde divine et suscitons pour cela tant de haine à travers le monde…

- Bertrand, notre nouveau prophète !

La ville de Salem s'emploie à devenir le paradis terrestre, le parc d'attractions de Canobie Lake Park en est le meilleur exemple : Le loisir socialisé y est développé comme un pilier de l'éducation citoyenne. Faith encourage Bertrand dans cette voie. Il se met au golf, court avec Zeus sur les aires réservées aux animaux, assiste à des vernissages artistiques, des courses de chevaux, participe à des parties de bridge, des promenades en ballon, à ski ou en raquettes, à des séances d'improvisation théâtrale, des soirées à thème dans les pubs et les cafés de quartier, il soutient chansonniers et musiciens. Tout juste s'il ne va pas le dimanche applaudir le prêche à l'église. Il fréquente les restaurants bio, les centres de remise en forme, les saunas, les instituts de massage pour faire fondre la mauvaise graisse, il ne manque pas un apéritif ou une party organisés par les charmantes dames du voisinage dans leurs luxueuses propriétés... Bertrand y croise même certains esprits libertins perméables à ses élucubrations philosophiques et politiques.

Faith s'épanouit de jour en jour. Elle est enjouée, resplendissante. Ils forment un couple uni qui reçoit à la bonne franquette autour d'un feu de cheminée. Bertrand prépare des fondues savoyardes, des poules au pot et des cassoulets, fait découvrir aux autochtones les vins français en évoquant avec bonhommie les aventures d'Astérix le gaulois.

Autant dire que l'activité du Lisa Chudlovsky Council est réduite à sa plus simple expression : On retrouve Bob le mercredi après-midi à Cambridge pour ouvrir le courrier et Bertrand assure toujours quelques rendez-vous mais Faith préfère se pencher douillettement sur ses cours à la fac lors de leurs soirées paisibles au coin de l'âtre.

Alors ? Salem - Cazeneuve même combat ? Le parallèle est surprenant. En dehors de quelques accolades publiques, de quelques familiarités sans lendemain quand Faith est un peu pompette, ils n'ont aucune relation intime et ne s'en plaignent pas. Faith se montre facilement nue en sortant de la douche, s'amuse en bon camarade de chambrée des réflexions salaces de Bertrand et le taquine au sujet des magazines pornographiques de son ancien mari qu'elle retrouve dans la chambre de Bertrand. Ils font une équipe de bons copains, comme la relation d'un vieux couple…

- Préviens-moi le jour où tu lèveras une jeune et jolie milliardaire !

Stéphanie lui faisait à peu près la même réflexion.

Bertrand communique régulièrement avec Stéphanie sur internet. Ils s'écrivent, mais ne se téléphonent plus. L'écho caverneux de leurs voix et les temps de latence entre les questions et les réponses les mettaient de plus en plus mal à l'aise. Avec la webcam, c'était pire : Des apparitions fantomatiques et figées, une mauvaise synchronisation du son les réduisaient à l'impuissance et ravivaient la blessure de leur séparation. La dernière fois, le visage bouffi de la voisine de Stéphanie fit un petit coucou sur l'écran. Elles préparaient un diner pour de vieux copains. Stéphanie est contente de son voyage en Grèce, « riche d'aventure et d'imprévus. » Elle y a abandonné le maçon anglais. Les deux voisines copinent en attendant le retour de leurs mecs. Stéphanie ne viendra pas le rejoindre à New York, elle est bien trop occupée.

Chaque semaine, après la réunion du mercredi, Bertrand s'éternise à Cambridge. Il dort dans le studio de Faith ou sur la banquette de Winston après une soirée d'étudiants. Il envoie à Ruby des messages coquins auxquels elle ne répond pas. Il attend toujours désespérément que leur relation reprenne. Finalement, elle se manifeste un jeudi matin et ils se donnent rendez-vous dans un restaurant indien de Central Square. Une grosse blonde taciturne la chaperonne et se permet des réflexions désobligeantes dans le dos de Bertrand comme s'il ne comprenait pas l'anglais. Il s'énerve et les deux filles vont se concerter au bar. Ruby revient seule et s'excuse de mauvaise grâce en singeant ses vieilles manières de femme soumise.

- Franchement, je n'ai rien contre ta copine, mais elle n'a pas besoin d'être si désagréable.

- Si ! Parce que je lui ai dit que tu étais mon mec.

- Ton mec ! Et qu'est-ce que ça peut bien signifier pour vous ?

- Que tu es un rival !

- …

- Si tu veux vraiment le savoir, elle pense que tu pourrais être mon père et que les français sont des trous du cul qui puent la transpiration.

Après le déjeuner, elle l'attire chez elle et ouvre un vieil album de famille. A neuf ans, elle pose fièrement à coté de son papa devant une Pontiac Grand Ville des années soixante dix.

- Tu vois ? Vous avez un petit air de ressemblance.

- J'adore cette époque. Mon oncle nous avait abonnés à Sélection du Reader's Digest et avec mon frère, nous adorions ces publicités américaines promettant l'abondance et la réussite.

- Ma famille en était le parfait exemple. Mais aujourd'hui, les gens n'ont plus la même foi en l'avenir.

Bertrand doit retourner au boulot. Ils se font la bise. Ruby promet de venir bientôt le retrouver chez Faith.

Effectivement, elle débarque deux jours plus tard à Salem. À la tombée de la nuit et en pleine tempête de neige. Elle n'ose pas s'aventurer dans l'allée et abandonne la voiture au milieu de la rue. Zeus aboie et Bertrand reconnait sa silhouette depuis les baies du bureau. Elle s'enfonce jusqu'aux genoux dans la poudreuse et son béret est tout blanc quand elle atteint le porche d'entrée. Elle est contente d'avoir bravé les éléments : Pour éviter les carambolages, les péages des autoroutes étaient levés. Plusieurs camions gisaient abandonnés en travers de la route et tout le monde faisait la queue pour sortir à Salem. Elle a téléphoné à Faith avant de partir. Elle sait que Bertrand est seul à la maison.

- Comme ça, on est plus tranquilles.

Ils enfilent de grandes capes de pluie, garent la voiture sur le bas-côté et vident la malle. Ruby a emporté deux gros sacs, une énorme valise à roulettes et sa chère paire de patins à glace.

- Mais tu t'installes ici, ma parole !

- Pourquoi pas ?

- Faith est au courant ?

- Non.

Ils bourrent la cheminée de bûches et préparent des grogs à l'eau bouillante pour se réchauffer. Bertrand est heureux de la retrouver et ils discutent gaiement.

- Alors, vous formez un gentil petit couple que tout le monde voudrait rencontrer ? Mes parents ont des relations ici. Ils ont entendu parler de l'ingénieur français. Faith est incroyable : Elle a réussi à te mettre le grappin dessus.

- Hé, doucement ! Je ne vais pas tarder à rentrer en France. Sans carte de travail, je ne peux pas rester plus longtemps.

- A moins qu'elle ne te propose le mariage !

- Non. Là, tu n'y es pas du tout. Ma vie n'est pas ici.

- Tu sais qu'elle a un amant ?

- Quoi, un amant ? Qu'est-ce que tu veux que ça me fasse ? On ne couche même pas ensemble et tu voudrais encore semer la zizanie…

- N'empêche. Elle sort avec un étudiant depuis quelques semaines. C'est pour cela qu'elle n'est pas là aujourd'hui !

- Ça m'est complètement égal, Ruby, je te le dis. Et s'il fallait croire tout ce qu'on raconte…

- Ah, tu vois que ça t'intéresse ! Je n'invente rien. Bob te le confirmera, il est parfaitement au courant. En tout cas, je suis drôlement contente que vous n'ayez pas de relation…

C'est à ça qu'elle voulait en venir. Poussée par une absurde jalousie. Bertrand s'en réjouit pourtant. Ils montent ses bagages à l'étage et vaquent d'une pièce à l'autre sans se décider. Tout compte fait, elle veut absolument emménager avec lui dans la grande chambre. Elle lui saute au cou comme une gamine et lui fait presque un bisou sur la bouche pour qu'il accepte.

- Mais non, tu ne peux pas. Faith sera furieuse.

- Puisque je te dis qu'elle s'en fout ! Je ne veux plus dormir dans la petite chambre parce qu'à tous les coups, elle viendra m'embêter.

- Vraiment, tu prends les gens pour des cons.

- Tu ne veux plus de moi ?

- Je n'ai pas dit ça... Mais je sais très bien que tu es venue ici pour faire des histoires.

Le lendemain, l'autoroute est fermée à cause de la tempête de neige et Faith ne peut pas rentrer. Ruby décide de passer la journée à la patinoire. Elle n'a pas envie de suivre Bertrand à un son déjeuner mondain organisé par le Groupe Social des Fabuleuses Femelles, un club de rencontre qui propose des activités à des célibataires.

Leur local ressemble à une bonbonnière avec des petits rubans roses peints sur la façade. Quand Faith y avait trainé Bertrand pour la première fois, il avait hésité à entrer. Des mammifères éléphantesques faisaient du tricot dans les fauteuils et peignaient des fleurs sur des assiettes.

Heureusement, la sortie du jour a lieu à La Boniche, un restaurant français renommé, et ces dames viendront avec leurs compagnons de fortune. Bertrand doit lire quelques poèmes de Rimbaud et de Verlaine. Le patron Richard ressemble à l'acteur Moustache. Il a recréé dans son établissement une atmosphère de cabaret. Il est ému jusqu'aux larmes d'accueillir un compatriote et lui raconte son arrivée en terre promise.

- A cette époque, beaucoup de jeunes se baladaient avec leur gratte et chantaient dans la rue. Je ne sais pas pourquoi, mais comme j'étais français, on me demandait toujours de jouer des cuillers. Il a bien fallu que je m'y mette et d'une chose à l'autre, je suis passé aux fourneaux !

Bertrand est décemment obligé de commander des escargots à l'estragon sauce crème Dijon. Il manie sa petite fourchette devant un public médusé de grand-mères fardées et de vieux hippies macrobiotiques qui préfèrent le pâté maison au chutney d'oignons. Un grand barbu monte sur l'estrade, une bouteille de pinard à la main. Il arbore les épaisses lunettes d'Allen Ginsberg :

« J'ai vu les plus grands esprits de ma génération détruits par la folie, affamés hystériques nus, se traînant dans les rues nègres à l'aube à la recherche d'un fix furieux, hipsters à la tête d'anges brûlant pour une liaison céleste ancienne à la dynamo étoilée dans la machinerie de la nuit, dans la pauvreté et les détritus, et les yeux creux illuminés, s'asseoir pour fumer dans l'obscurité surnaturelle des eaux froides... »

Quelques divas en tunique indienne psalmodient avec lui le Hurlement de la Beat Génération. Elles connaissent aussi par cœur le texte de Verlaine quand Bertrand enchaîne en insistant bien sur les « e » muets :

*« Je fais souvent ce rêve étrange et pénétrant
D'une femme inconnue, et que j'aime, et qui m'aime
Et qui n'est, chaque fois, ni tout à fait la même... »*

Pour le débat littéraire qui suit, il se débrouille comme Richard le faisait avec ses petites cuillers : Pas vraiment compétent, mais sauvé par son accent français... Heureusement que très vite, tout le monde s'accorde sur l'essentiel : L'ivresse du Syrah du Chili et la franche camaraderie.

A son retour, Ruby est aussi pompette que lui. Elle dévore des sandwiches dans la cuisine avec une bande de fofolles éméchées et repart aussitôt pour une pyjama-party. Bertrand se retrouve seul à cuver son vin et compose un long mail poétique destiné à Stéphanie. Le patron de La Boniche lui a fichu le bourdon. Il a réveillé sa nostalgie de leur petite maison où elle prépare ses cours à la bonne chaleur du poêle à bois. Il vilipende sa propension à poursuivre des chimères, à la laisser seule si longtemps et même à se moquer de la réussite de son frère…

Au moment de se mettre au lit, la frustration l'étouffe. La nuit dernière, il dormait sagement dos à dos avec Ruby. Mais ce soir, cette garce lui rend la monnaie de sa pièce, elle le nargue en jouant au chat et à la souris. Plein d'une fougue vengeresse, il se masturbe dans ses petites culottes de la marque « Ruby » et finit par s'endormir.

Il l'entend claquer les portes de placard au petit matin et descend la retrouver dans la cuisine. Elle n'a pas fermé l'œil de la nuit, ses gestes sont lents et maladroits. Embrumée dans les vapeurs de l'alcool, elle s'étonne qu'il lui porte un intérêt soudain. Bertrand est amer :

- Vous vous êtes bien frottées avec tes greluches ?

Elle rit, elle nie, elle n'en a rien à fiche. Elle est frigorifiée. Bertrand la traine sur le tapis du salon où elle se recroqueville dans la position du fœtus. Il allume méthodiquement dans la cheminée un feu d'enfer et ils ne tardent pas à griller tous les deux comme des sardines. Il arrache son T-shirt, baise ses seins, la met à genoux et se fait sucer. Il la maintient par les cheveux jusqu'à ce que son haleine alcoolisée s'étrangle de son sperme. Ils finissent la nuit dans la chambre. Elle lui tourne le dos, s'éloigne, mais il se cramponne à elle.

À son arrivée, Faith comprend tout de suite la situation. Elle organise la vie commune d'une main de fer. Monsieur et Madame maintiennent leur statut officiel, ils hébergent leur amie et si une certaine relation « adultérine » est assumée, elle ne doit pas sortir du cadre privé.

En tout état de cause, et pour leur rendre la monnaie de sa pièce, elle invite son nouvel ami Joshua. Et il se pointe dès le weekend suivant. C'est un dilettante cultivé de vingt-huit ans, champion de golf, sortant d'une école de commerce. Il attend son heure de gloire à Boston, loin de la pruderie conservatrice de sa famille au Kentucky. Faith le présente aux voisins comme un jeune espoir de la sphère économique recherchant une situation à sa mesure. Mais elle ne cède en rien des prérogatives de Bertrand en tant que maître de maison. Même à l'abri des regards, elle ne prodigue à son amant que de discrètes caresses.

Ruby se moque de ces singeries et fait à Bertrand des grimaces sarcastiques. Cependant, elle respecte le contrat et prétend officiellement se remettre chez son amie des tensions urbaines, s'accorder un break avant de reprendre ses études universitaires, faire du sport et de la relaxation comme lui a recommandé son psy. Elle s'embringue même dans un groupe de développement spirituel intitulé « Essence de la Guérison » et réaménage complètement la petite chambre. Les meubles savoyards font place à des tapis chinois et des coussins en soie posés à même le sol, les herbiers sous verre sont remplacés par des cotonnades imprimées représentant des fleurs de lotus et des éléphants d'Asie qu'elle agrafe aux murs. Sans oublier l'encens et les statuettes de divinités indoues. Elle médite avec ses condisciples pendant que Faith joue de la boite à outils au sous-sol avec Bertrand.

Mais fatalement, de semaine en semaine, l'ambiance se dégrade. La tension est palpable entre les deux femmes : Ruby la jean-foutre provocatrice contre Faith je-contrôle-tout. Bertrand tempère les prises de bec, ce qui revient immanquablement à défendre la coupable et ses petits airs innocents. Faith prend beaucoup sur elle. Bertrand a beau déployer tous ses charmes, elle est de plus en plus nerveuse et le dénouement ne se fait pas attendre.

Un beau matin, il rentre après deux jours d'âpres négociations à Atlanta. Il récupère sa voiture à l'aéroport de Manchester et arrive au chalet vers midi par un soleil radieux. Zeus l'attend au milieu de la rue et les voisins accourent pour se plaindre. Le chien a baguenaudé toute la nuit. La porte de la maison n'est pas fermée à clé et Bertrand ne trouve personne à l'intérieur. Il dépose ses affaires sur le bureau et vérifie l'emploi du temps de Faith dans le gros agenda noir. Elle devrait être là. Elle n'a pas laissé, comme à son habitude, de recommandation particulière. Il sort son ordinateur de la sacoche et s'apprête à lui téléphoner quand il fait maladroitement tomber un gros cendrier par terre. Il perçoit en écho deux coups sourds et un gémissement étouffé. Il pense d'abord que le chien essaie d'ouvrir le placard de la cuisine, mais Zeus est debout sur le pas de la porte et le regarde en remuant la queue. Bertrand fait le tour de la pièce et regarde par la fenêtre en tendant l'oreille. Un nouveau frottement se produit et il pense tout de suite au sous-sol. Il s'empare de la batte de base-ball de Bruce, file à la buanderie et dévale l'escalier. Zeus lui passe entre les jambes et se met à aboyer en bas. Quelqu'un appelle du laboratoire. C'est… Ruby ! Elle est enfermée à l'intérieur. Il ne trouve pas la clé et essaie de forcer la porte avec un tournevis. Il finit par l'achever à coups de hache. Ruby est assise les jambes pendantes sur la paillasse à coté de l'agrandisseur. Pour la troisième fois, Bertrand la retrouve dans un triste état. Elle est cognée, écorchée, du sang séché sur le visage.

- C'est Bruce qui m'a fait ça. C'est une belle ordure ! Il m'a sauvagement battue et enfermée là dedans.

Sa colère explose, son langage dérape. Bertrand la lave et la soigne dans la salle de bains. Elle est affamée. Elle a seulement pu boire et pisser dans l'évier depuis vingt quatre heures. Faith est-elle responsable de cette situation ou est-elle en danger aussi ? Pourquoi n'est-elle pas là ? Ruby ne donne pas de réponse claire. Bertrand appelle Faith sans succès. Il reçoit un SMS au bout de dix minutes : « je suis en conférence à Harvard, j'espère que tu es bien rentré. »

- Bon, elle va bien. Mais qu'est-ce qui s'est passé depuis mon départ ?

- Ton départ ? On s'en fout, de ton départ ! Faith en avait encore après moi : Que j'étais une profiteuse et qu'elle ne supportait plus mes manières. Elle voulait que je foute le camp ! Je lui ai répondu que je ne partirai pas sans toi et qu'on lui ferait payer toutes ses saloperies. Elle s'est mise en colère, qu'elle aimerait bien voir ça. Elle a claqué la porte comme une folle. Je pensais qu'elle sortait faire un tour mais elle n'est pas revenue et le lendemain matin, c'est Bruce qui s'est pointé. Elle lui a raconté que je faisais la pute avec toi et que nous allions porter plainte pour les photos. Il s'est déchaîné sur moi, il voulait me crever. Je me suis échappée au sous-sol mais il m'a poursuivie et m'a menacé avec la pioche. Alors je me suis réfugiée au labo et il a verrouillé la porte.

- On va prévenir la police.

- Je préfère qu'on se tire maintenant. On verra plus tard avec la justice. Ne t'inquiète pas : Je vais les faire cracher !

Ils bouclent leurs valises. Bertrand essaie encore de joindre Faith, mais elle est aux abonnés absents. La petite chambre de Ruby a été vandalisée. Rien ne justifiait une telle violence. Ils garent la Buick dans le garage, enferment le chien dans le chenil et préviennent les Dunsen de leur départ. Bertrand se rend une dernière fois sur le ponton pour dire adieu à la maison du lac. Il reconnait volontiers sa part de responsabilité dans ce désastre.

La petite japonaise de Ruby est chargée à bloc. Bertrand conduit prudemment, il cherche les mots pour exprimer son désarroi mais Ruby est à des années lumière des considérations de son égo et l'interrompt en tournant le bouton de la radio à fond. Il passe la nuit chez elle sur le canapé. Le lendemain matin, Ruby rejoint son frère dans sa famille. Bertrand se fait conduire en taxi au siège du « Lisa », mais il n'y a personne. Il retrouve enfin Faith, barricadée dans son condominium. A force de parlementer à l'interphone, elle lui ouvre la porte. Elle est sous sédatifs et somnole devant la télé. Bruce est revenu. Il a repris contact avec elle la semaine dernière. Elle regrette de lui avoir fait ses confidences. Il a voulu donner une bonne leçon à Ruby. Les détails sordides rapportés par Bertrand la plongent dans l'hébétude. Bertrand est insensible à son émoi et lui remet sa démission.

Winston, ce bon Winston, est encore là pour le consoler. Le brave cowboy l'accueille toujours avec la même sollicitude à la maison verte. Il lui laisse son appartement pour le weekend. Dans un mail succinct, Bertrand informe Stéphanie de son retour précipité pour des « raisons personnelles. »

Après une nuit agitée, il n'arrive pas à remettre ses idées en place. Faith lui a donné rendez-vous dans un box confortable de la cafétéria high-tech où ils avaient passé leur première soirée en tête à tête. La boucle est bouclée, Faith reprend tout l'éclat de sa fonction.

- Je suis désolée de la manière dont les choses se sont passées, Bertrand. Bruce marche complètement à côté de ses pompes. J'ai eu tord de lui parler de mes problèmes l'autre jour. J'étais énervée et il n'a pas compris grand chose. Le frère de Ruby m'a téléphoné ce matin, elle va prendre un avocat. Nous réglerons cette affaire au tribunal civil en toute confidentialité. Bruce détruira les clichés et lui versera une indemnité pour le préjudice moral. Nous passerons sous silence les mauvais traitements. Je comprends que tu n'aies pas envie de rester dans cette pétaudière.

- Je ne suis pas très fier non plus, Faith. J'espère que vous ne garderez pas un trop mauvais souvenir de moi.

- Mais non, pas du tout. Tu nous as beaucoup apporté. Ruby a joué avec mes nerfs, mais je me suis mise moi-même dans cette impasse. Je ne sais vraiment pas ce que je veux. Je croyais reprendre mon ancienne vie avec toi, mais ça ne pouvait pas marcher. Tu as bien travaillé au « Lisa. » Maintenant que tout est sur les rails, les résultats ne se feront pas attendre. En tout cas, grâce à toi, j'ai repris du poil de la bête, à Salem ! Je vais à nouveau marquer mon territoire dans ce monde impitoyable qui nous attend au premier faux pas.

- Bravo, Faith ! Nous avons vécu des choses formidables. Tu as reçu le petit français avec beaucoup de cœur. Tu es généreuse et tu sauras reconstruire ta vie sur les décombres ! Je t'aime…

11 – Retour à Cazeneuve

Deux mois auparavant, le bel oiseau Julio disparaissait au petit matin, penché sur sa moto dans le grand virage en contrebas de Psyro. Il s'envolait vers Athènes, puis vers l'Espagne sur un simple « au revoir ! » Dans cette vie ou dans une autre ? Il ne le précisait pas à Stéphanie. Elle avait le cœur à la romance et ne s'embarrassait pas de ce genre de détail. Elle prenait l'autocar le lendemain pour retourner à Montpellier, requinquée par cette aventure et pleine de confiance en l'avenir. Elle n'allait pas gâcher la soirée pour savoir si Aaron avait toujours l'intention de venger sa fille et/ou (inclusif ou non inclusif) de refaire sa vie avec Uriana. Est-ce qu'ils lui demandaient, eux, de choisir entre Bertrand et Julio ? Entre une affection sentimentale et une passion amoureuse ? Les transports de son âme, ses orgasmes avec Julio tenaient sans doute plus aux circonstances qu'à une véritable révélation. Une amie lui racontait un jour son aventure avec un inconnu et concluait l'histoire en ces termes : « Lui ou un autre, pourvu que ça se passe dans un wagon-lit de l'Orient-Express au rythme des bogies cognant sur les rails et dans la crainte que le contrôleur n'ouvre la porte... Mais j'ai beau voyager depuis, ça ne s'est jamais reproduit ! »

Uriana a connu beaucoup d'hommes mais, à sa manière, elle est toujours restée fidèle à Aaron. Elle explique ainsi à

Stéphanie qu'ils n'ont jamais rompu le lien, même dans les circonstances les plus dramatiques.

- Nous nous sommes rencontrés il y a une vingtaine d'années. Aaron et Yohanna passaient les vacances dans la Maison du Pope Ierocha. C'est une propriété très ancienne construite au sommet d'une colline à cinq kilomètres du village. Le clergé orthodoxe l'avait fait complètement restaurer aux frais d'un réalisateur pour tourner un film. Je m'occupais depuis des locations pendant la saison et j'ai eu le béguin pour le bel homme d'affaires anglais ! Je m'étais bien gardée de lui révéler ma flamme mais ils sont revenus l'année suivante. Yohanna était souvent absente et Aaron en a profité pour me conquérir. Un jour, nous flirtions sous la glycine pendant que la petite Jewel jouait avec les gamins du village. Elle n'est pas rentrée le soir et on l'a retrouvée le crâne fracassé après une longue battue dans la forêt. La police n'a jamais arrêté le coupable. S'il te plaît, Stéphanie, n'en parlons pas à table devant Aaron, c'est un sujet tabou.

En arrivant aux Garrigues, Stéphanie trouve un beau bouquet de fleurs sur la table. Yohanna a gardé la maison pendant son absence et Stéphanie lui rend visite pour la remercier. Elle doit aussi avouer son échec et demander à Yohanna de lui raconter les circonstances exactes de la mort de la fillette.

- Oui, Aaron voulait absolument retourner à Psyro. Pour revoir Uriana, sans doute, mais je ne prenais pas cette histoire au sérieux ! J'ai été retenue à Athènes une bonne partie du temps pour un Symposium Hellenisticum sur la dialectique de Platon et le Lycée d'Aristote. Je n'ai appris la mort de Jewel que vingt-quatre heures après par un télégramme égaré au milieu de mon courrier à l'hôtel. Aaron n'a pas eu le courage de me l'annoncer par téléphone. Il était dévasté par la culpabilité et n'osait pas me déranger en pleine conférence. Le mal était fait, de toute façon, et ça n'aurait rien changé.

Ma vie s'est écroulée. Je n'ai aucun souvenir du voyage de retour. Les services funéraires avaient installé le cercueil blanc de ma petite Jewel sur des tréteaux dans la salle des prières à la maison du Pope. Un autel était dressé sous l'arche de la chapelle. Deux bigotes voilées priaient à voix basse. Aaron les a congédiées à mon arrivée. Nous sommes restés là bas jusqu'au mois de novembre pour attendre le résultat de l'enquête. C'est pour cette raison que ma fille repose au cimetière du village. Aaron ne vous a pas montré sa tombe ? Enfin, les trois dernières semaines, nous les avons passées dans un meublé miteux à Héraklion, parce que je ne pouvais plus supporter le regard hostile des villageois. Cette épreuve m'a complètement épuisée. Je crois que c'est cela qui m'a rendue malade. Quand la police enquête aux confins de ces territoires, c'est la loi du silence. Tout le monde connaissait le coupable mais les notables lui ont donné un alibi et ont même fait disparaitre certaines preuves. Uriana n'osait pas parler non plus. Parce qu'elle SAVAIT ! Surtout elle…

Deux ans après le meurtre, elle est venue à Londres. Je me doutais qu'ils s'écrivaient mais j'ai été surprise qu'elle ose nous poursuivre jusque dans notre foyer. Sa mauvaise conscience la tourmentait et elle avait soi-disant des révélations à nous faire. L'assassin était un gars du village qu'elle connaissait bien : Il avait même eu l'intention de l'épouser ! Un brave paysan dont elle avait repoussé les avances, mais qui se croyait dans son bon droit. Il considérait Aaron comme un rival et sa passion haineuse l'avait poussé à s'en prendre à notre fille. Il se pavanait sous nos yeux pendant toute l'enquête ! Quand l'affaire s'est tassée, il est parti à l'étranger. Evidemment, personne ne savait où ! Aaron voulut y retourner pour demander la réouverture de l'enquête, mais Uriana jura qu'elle ne témoignerait pas. C'est à ce moment là qu'il a conçu l'idée de faire justice lui-même. Les années ont passé et cet été, il a appris que le gars rentrait au pays. Son père était malade et il fallait bien toucher l'héritage. Aaron s'est remis dans tous ses états, d'autant qu'il y avait prescription. J'ai réussi à le convaincre de ne pas se mettre inutilement du sang sur les mains, mais quand il eut l'idée de vendre le Chien d'Or en octobre, j'ai à nouveau senti le danger. Comme il ne voulait pas que je l'accompagne, j'ai tout de suite pensé à vous !

- Je vois. J'ai été manipulée de bout en bout. Mais pourquoi ne m'en avez-vous pas parlé dès le début ?

- J'aurais eu du mal à vous convaincre ! Je croyais que votre aventure lui ferait passer l'envie de retourner là bas. J'étais prête à tout pour le sauver. Mais voila : Les personnages échappent souvent à leur auteur. Votre conquête lui a probablement donné encore plus d'assurance. Fier comme Artaban et têtu comme une mule, il retrouve sa dulcinée sous votre nez et défie les villageois ! Quel piètre Don Quichotte ! Rêveur et maladroit. S'il lève le moindre petit doigt, tout le village le lynchera.

Ainsi réduite à l'impuissance, Yohanna attend la suite des évènements avec appréhension. Aaron finira peut-être sa vie en prison pour gagner la paix de l'âme. Gageons qu'un éclair de lucidité l'en préserve.

Les deux voisines attendent leurs hommes et reprennent le train-train quotidien. Elles organisent pour se distraire des soirées avec les marginaux du coin : Un camionneur reconverti en chevrier, une biologiste mère célibataire devenue aide ménagère, un couple de suédois passionnés de culture biologique, une infirmière marocaine féministe, un viticulteur homosexuel, un irlandais membre de la ligue antialcoolique, une adolescente en fugue chez sa grand-mère. Deux mois d'hiver s'écoulent dans l'expectative.

Stéphanie relance sa candidature au Laboratoire de Mathématiques du CNRS de Versailles. Elle y postule depuis longtemps et apprend qu'un nouveau poste se libère. Elle se rend là-bas pour trois jours d'entretiens. Clotilde et Guillaume habitent justement à Versailles et insistent pour la recevoir. Stéphanie ne les connait que par les commérages de Bertrand. Guillaume est toujours atterré par l'attitude de son frère. Le contexte n'est pas folichon, mais c'est peut-être le moment d'arrondir les angles. Les voici réunis autour de la table. Comme c'est étrange de voir Bertrand derrière ce Guillaume. Chacun abat ses cartes et Stéphanie se retrouve sur la sellette :

Clotilde est mère au foyer. Elle pense que la carrière professionnelle de Stéphanie a causé l'échec de son premier mariage. Ça commence bien !

- Si j'avais arrêté de travailler, je me serais forcément retrouvée dans l'atelier de Rodolphe. Beaucoup de couples fonctionnaient de cette façon à l'époque. Le boulot finissait par envahir toute leur sphère affective et je n'en avais aucune envie.

Clotilde est convaincue qu'une bonne épouse doit se consacrer à la réussite de son mari et à l'éducation de ses enfants :

- C'est bien joli, tout ça, mais votre fils a été privé de son père.

- Kilian ne s'en sort pas si mal. À seize ans, il est entré en apprentissage chez son père et ils s'entendent à merveille.

Guillaume pousse ses enfants à faire des études supérieures, il pense que le fils d'une chercheuse et d'un ingénieur aurait pu faire mieux.

- Kilian a tous les atouts pour réussir dans l'artisanat. Avec Rodolphe, ils fondent l'or, le cisèlent, l'incrustent, élaborent des créations nouvelles. C'est une vraie passion.

Guillaume se demande si son frère a eu une bonne influence sur Kilian. Le gamin ne l'a-t-il pas rejeté en fin de compte ?

- Bertrand a été pour lui comme un père. Il l'a soutenu dans ses études mais à l'adolescence, beaucoup de jeunes rêvent de quitter le cocon familial. Que pouvait-on trouver de mieux que son vrai père lui donne cette chance ?

Clotilde insinue que Bertrand avait pris des habitudes de vieux garçon avant de rencontrer Stéphanie.

- Nous avons tous les deux vécu des choses avant de nous rencontrer et cela donne une autre approche des relations amoureuses. Nous tenons à garder notre indépendance et tant pis si nous risquons une nouvelle séparation.

Pour une fois, Guillaume semble d'accord. A moins qu'il n'ironise sur le comportement de son frère :

- Mais absolument ! Il faut réaliser tout ce qu'il y a en nous, même les rêves les plus fous.

Sa ressemblance avec Bertrand est troublante. Surtout quand il prend cet air là. Clotilde est furieuse. Elle repart à l'attaque :

- Vous ne croyez pas à la fidélité ?

- Si, bien sûr. Mais fidélité bien ordonnée commence par soi même. Je ne veux pas dire que tous les couples fidèles renoncent à leur destin individuel, mais c'est souvent le cas. Le monde d'aujourd'hui offre tant d'opportunités... Au risque de se perdre, je vous l'accorde. Mais comment résister à ces nouvelles libertés ?

- Voila la belle affaire : En ces temps troublés, les gens succombent à toutes les tentations et finissent au bas de l'échelle.

- La liberté a un prix, on reçoit la facture un jour ou l'autre. Le meilleur moyen d'y faire face, c'est de conserver un bon job !

Et toc pour Clotilde. Stéphanie les effare. Elle se demande d'où lui vient cette audace.

- Mais Bertrand, que fait-il exactement ?

- Je crois qu'il est assez content. Depuis le temps qu'il rêvait de vivre en Amérique ! Mais j'espère qu'il reviendra bientôt. Moi, ça ne me fait pas du tout envie. Je me contente de ce que j'ai ici, même si ce n'est pas l'idéal.

- Vous avez bien raison. Espérons qu'il s'assagira enfin.

- C'est vrai qu'il se cherche encore.

- Et vous, maintenant ? Comment se présente ce poste ?

- Bien ! J'ai eu un excellent contact avec mon directeur de recherches. Cette mutation risque de chambouler notre vie. C'est peut-être le bon moment mais il faut qu'on en discute avec Bertrand.

- Il vous suivra. Que ferait-il d'autre ? Ce n'est pas dans le midi qu'il trouvera du travail. Il a tout pour réussir mais il se met toujours dans des situations impossibles. Dès qu'il obtient des résultats, il abandonne sans raison. Croyez-vous que son expérience aux Etats Unis lui mettra un peu de plomb dans la cervelle ? C'est bien beau le tourisme mais Bertrand passe d'une chose à l'autre sans jamais se fixer. Si vous venez, je le soutiendrai avec mes relations. Il ne voudra pas en entendre parler, mais je le ferai quand même. Il ne peut pas rester sur la touche à quarante ans. C'est la mission de la dernière chance.

Les oreilles de Bertrand ont dû siffler car il annonce subitement son retour. Un retour en plusieurs étapes. Il commence par rendre visite à sa mère dans l'Oise, puis Paris où il verra Kilian. Stéphanie s'arrange pour faire coïncider la date avec ses nouveaux entretiens à Versailles. Bertrand n'a rien contre : Ils se retrouveront en terrain neutre. Paris sera un palier de décompression pour éviter un atterrissage trop brutal au point où ils se sont quittés il y a neuf mois. Neuf mois, le temps d'une grossesse… Une grossesse nerveuse.

Stéphanie se garde bien de mêler Guillaume et Clotilde à cet évènement. Le rendez-vous est donc fixé chez Rodolphe, où elle profitera un peu de son fils, elle aussi. Bertrand apprécie son ex-mari et cette ambiance familiale évitera un face à face trop brutal. Cette mise en scène donnera aussi à Stéphanie un avantage tactique en cas de conflit : Bertrand sera minoritaire si des décisions devaient être prises.

Les derniers mails qu'il envoie à Stéphanie sont plutôt déroutants. Il développe une rhétorique confuse à propos d'un retour sur lui-même, de son rapport aux autres et des relations amoureuses en général… Le tout émaillé de citations de Nietzche du genre :

« L'homme a besoin de ce qu'il y a de pire en lui s'il veut parvenir à ce qu'il a de meilleur. »

Stéphanie s'inquiète sérieusement de son état mental. Guillaume a vu juste : Son frère s'est encore égaré !

Bertrand arrive rue Saint Blaise juste avant la fermeture de l'atelier. Il traverse la boutique en tirant deux énormes valises à roulettes et se retrouve face au trio familial au fond de l'atelier : Le père et le fils aux chevelures bibliques, les pattes ornées de chevalières en or tendues vers la mère, Stéphanie, assise au centre, vêtue d'une robe indienne psychédélique. Comme c'est étrange : Il pénètre à nouveau dans cette famille, se revoit dix ans en arrière. On s'embrasse. Rodolphe lui cède sa place : il va chercher des rafraichissements. Kilian est le plus à l'aise pour poser les questions qui fâchent.

- Oui, j'ai vécu chez cette femme. Je jouais au petit ami pour le voisinage. La meilleure façon de comprendre une société, c'est de se glisser dans la peau des personnages. J'étudiais les peuplades du Massachusetts en suivant la méthode de Claude Levi-Strauss :

« J'étais dans un état d'excitation intellectuelle intense, je me sentais revivre les aventures des premiers voyageurs du XVIe siècle. Pour mon

compte, je découvrais le Nouveau Monde. Tout me paraissait fabuleux : les paysages, les animaux, les plantes… »

Rodolphe revient les bras chargés.

- Hé bien, mec, voilà un récit comme je les aime : Plein d'envolées lyriques… Buvons à l'Amérique où je n'irai certainement jamais !

Stéphanie le reconduit le lendemain aux Garrigues, mais son esprit est ailleurs. Il est gentil avec tout le monde, comprend qu'il va falloir prendre des décisions mais ne se sent pas vraiment concerné.

- J'ai besoin d'une période de réadaptation. C'est allé si vite, là bas, à la fin. Je ne suis pas sûr d'avoir tout compris.

- Mais qu'est-ce qui s'est passé ? Tu as quelque chose à te reprocher ?

- Je ne sais pas.

Il n'y a pas moyen d'en tirer quelque chose. Et Yohanna n'est guère plus vaillante. Entre ces deux blessés de la vie, Stéphanie n'a guère le temps de s'épancher sur ses propres états d'âme. Pourtant, elle en aurait besoin. Mais elle doit donner ses cours et préparer l'avenir pendant qu'ils se lamentent sur leur propre sort.

Yohanna reçoit finalement des nouvelles d'Aaron. Quelque chose se passe en Crête et elle essaie d'intéresser Bertrand à ses histoires. Ce garçon erre comme un étranger dans sa propre maison, il se pose de temps en temps sur les fauteuils en rotin de la véranda comme un papillon égaré. Il ne dit rien, mais parait attentif à la complainte anglaise de

Yohanna. Stéphanie n'a plus la patience de les écouter. Yohanna aussi lui en a bien trop demandé.

- Aaron m'a téléphoné d'Héraklion. Il rencontre des types. Il ne s'explique pas clairement, mais je crois qu'il engage un tueur.

« Tantale invite les dieux à un banquet où il leur donne à manger de la chair humaine. »

Uriana, sa pietà crétoise, n'est sûrement pas d'accord. Elle en a marre de l'avoir sur le dos et Aaron cherche à nouveau une alliée en moi.

« Le fleuve s'assèche quand il se penche pour boire - Le vent éloigne les branches des arbres quand il tend la main vers les fruits - Une angoisse mortelle l'étreint à l'idée d'avoir la tête écrasée par le rocher. »

Aaron lutte seul avec sa conscience, privé des plaisirs de la chair.

A ces mots, Bertrand sort de sa léthargie et fait sursauter Yohanna :

- Ha, ha, ha, vous espérez toujours le voir renoncer !

Elle lui raconte tout, même si elle sait qu'il se débat lui-même avec ses propres démons. Elle comprend assez bien son histoire à lui et les fantômes se croisent dans leurs esprits égarés.

- Une histoire d'amour peut en cacher une autre. Vous en êtes conscient, mon cher Bertrand ? Aaron croit aimer Uriana, mais c'est pour mieux dissimuler son crime !

- C'est vrai, quelquefois, on ne s'avoue pas à soi-même…

- Vous devriez en parler à Stéphanie. Tant que vous ne serez pas libéré…

- Ce n'est pas facile…

- Vous avez couché avec une autre fille ? La belle affaire ! Elle le sait déjà, non ? Allez savoir si elle n'a pas aussi des choses à se reprocher !

- Oui, bien sûr. Œil pour œil, dent pour dent. Mais je ne raisonne pas comme Aaron.

- Alors, il y a autre chose…

- Vous voulez dire son idée de partir à Paris ?

- Non. Je crois que quelque chose d'autre vous retient là-bas. Mais, comme ce pauvre Aaron, vous ne voulez pas vous l'avouer.

- Je ne sais pas.

- Stéphanie pense que vous voulez refaire votre vie avec cette américaine. Dites le une bonne fois pour toutes.

- Mais non, je vous assure, je n'y songe absolument pas ! C'est autre chose. Une expérience intérieure. Certaines structures mentales qui remontent à mon enfance… Mon rapport aux femmes, à mon frère, que sais-je ? On laisse longtemps des pans entiers de sa personnalité en sommeil. Et un jour, la mécanique se bloque, on n'arrive plus à avancer. Stéphanie n'a pas besoin de partager ce trouble avec moi.

Yohanna reprend sa complainte :

- « *C'était le chien qui gardait la chèvre de Zeus quand il était lui-même enfant…* »

Encore un rendez-vous à Versailles ! Malgré l'inertie de Bertrand, Stéphanie avance inexorablement ses pions vers ce qu'elle voit comme une sortie de crise. Guillaume a trouvé une villa à louer qui demande juste quelques petits travaux de rafraichissement. Une occasion à saisir…

- Ecoute Bertrand, on ne fait plus rien de bon, ici. Je ne veux pas y passer un hiver de plus. On pourra toujours revenir pendant les vacances. J'aimerais que tu t'occupes de cette villa. Je dois finir mon année universitaire et je serai très occupée jusqu'au mois de juillet.

- D'accord, Stéphanie, je vais y aller.

Bertrand se rend à Versailles. Il s'installe dans la maison au milieu des pots de peinture. Les propriétaires ont été mutés dans l'ouest. Guillaume se porte caution, le bail est signé pour le premier juillet, ce qui laisse deux mois pour remettre tout en état. Le soir, Bertrand mange chez son frère. Clotilde est aimable comme une porte de prison mais les neveux le trouvent plutôt « marrant. » Guillaume le ramène en voiture « chez lui. » Il lui a prêté quelques meubles et des ustensiles de cuisine.

- Merci, Guillaume.

Guillaume fait des efforts pour le remettre sur les rails, Stéphanie place encore des espoirs en lui et Paris s'ouvre à eux comme une page blanche : Il n'a plus qu'à remonter doucement la pente.

12 – Printemps au New Hampshire

« Verte en avril, l'herbe jaillit,
Trop bleu le ciel, taché d'argent.
Je suis, hélas, resté ici,
Si capricieux étaient les vents,
Comptant mes heures et condamné
A rechampir vitres et planchers.

Belles vraiment, les nuits d'avril,
Et trop sucrées, les fleurs de mai.
Glorieusement les étoiles brillent,
Au firmament je dormirai,
Chantent les prés, coulent les eaux,
De mes tourments, prendrai repos. »

Faith envoie à Bertrand ce poème de Claude McKay. Elle y joint une photo où ils se tiennent par la main tous les deux sur l'embarcadère. Ses mails sont charmants, bien tournés et pleins de sensibilité. Elle lui donne des nouvelles du petit monde de Salem et évoque leur équipée avec nostalgie. Dorénavant, elle vit seule dans le chalet au milieu de la nature, avec Zeus pour unique compagnon. Elle médite âprement la devise du comté de Rockingham (New Hampshire) : « Vivre seul ou mourir. »

Elle se livre avec lucidité à l'introspection pour apaiser ses rancœurs et tenter de comprendre : Son mariage avec Bruce répondait à tous les canons de la réussite mais leur refus de faire des enfants, de fonder une famille, les a menés à l'échec. Ruby a perçu ce désœuvrement existentiel et servi de détonateur. Elle s'est immiscée dans leur couple et l'a fait basculer. Bruce a souffert des conséquences matérielles de leur séparation, mais il s'en est mieux tiré sur le plan affectif : Il a refait sa vie en Californie. Cependant, sa vive altercation avec Ruby un an après la prononciation du divorce montre bien qu'il n'a pas tourné la page. A nouveau, il devra réparer ses fautes avec de l'argent, sa morale protestante n'accordant pas la rémission des péchés. Bruce force l'admiration de Faith et la flatte de l'intérêt qu'il lui porte encore.

Mais comment expliquer cet intermède avec Bertrand ? Pourquoi être allée chercher un français ? Il y a beaucoup de francophones dans cette région proche du Québec et ils passent généralement pour des gens qui s'adaptent facilement à toutes les situations. Comme on dit là-bas :

« Si un bucheron canadien hésite entre deux arbres, il abat le troisième... »

Faith n'avait pas oublié Bruce. Bertrand a joué les remplaçants. Ce français, prototype de ses idées reçues, lui permettait provisoirement de trouver une troisième voie. Une voie toute relative, contradictoire, en demi-teintes, en demi-vérités. C'est tout à fait Bertrand ! Il parle de la gorge avec la bouche en cul-de-poule, il est pédant, élitiste, sceptique, sexiste, nombriliste, complexé, susceptible, méprisant, arrogant, râleur, inconstant : En un mot, INCONSISTANT... Il fait des beaux discours, mais n'agit pas. Faith pense qu'il a été trop longtemps couvé par sa mère et qu'il est prisonnier du noyau gémellaire formé avec son frère. Avec les femmes, il se montre efféminé avec des accès de machisme mal placés. Faith espérait qu'une séance chez Dolores le rendrait plus fort. Bertrand s'était d'ailleurs bien comporté pendant la tempête de neige mais rien de convaincant n'était apparu de ses penchants et de ses ambitions pour elle, alors qu'elle aurait tant voulu y croire. Croire qu'il lui offre une nouvelle vie. Faith la foi en Dieu, confiante dans l'humanité, fidèle en amour, avait été déçue. Bertrand avait profité d'elle, de Ruby et de Dolores pour assouvir ses bas instincts. Le petit français n'était qu'un dépravé et un lâche. Mais elle n'allait évidemment pas lui dire tout cela.

Après le départ précipité de Bertrand, elle s'était donné un mois pour l'oublier. Oublier tous les espoirs qu'elle avait mis en lui. Mais son fantôme rôdait toujours dans la maison. Le soir, Faith erre de pièce en pièce et allume toutes les lumières pour conjurer le mâle. Mais elle n'y arrive pas, elle se reproche de ne pas avoir été assez directive avec lui, de ne pas avoir su le retenir. Il répond gentiment à ses mails, mais s'intéresse surtout à Ruby... Au petit cul inabordable de Ruby ! Cette garce a eu beau l'envoyer promener, elle reste la clé de leur relation. Faith n'en fait même pas une question d'amour propre !

C'est dans cette confusion qu'elle a défendu les droits de son amie devant le tribunal et réglé le problème des photos au détriment de Bruce. Ruby lui doit une fière chandelle ! Elle vient à Salem célébrer sa victoire. Faith ne supporte plus son isolement et la reçoit avec un entrain forcé. Le temps est superbe, il y a des petites fleurs dans les prés et Zeus est fou de joie. Mais dès le premier soir, elle se déballonne :

- Tu sais, ce pauvre Bertrand me manque beaucoup. C'est triste de vivre toute seule dans cette grande maison. Je suis tellement contente que tu soies venue. Reste autant que tu voudras.

Ruby est déjà en alerte :

- Holà, ce n'est pas gagné, ma grande. Je ne suis ici que pour le week-end. Et à chaque fois que je viens ici, ça se termine mal. Alors, allons-y doucement !

Ruby a une pêche d'enfer et dès le lendemain, elle l'entraîne dans son sillage. Salem se réveille d'un long hiver et c'est le meilleur moment de l'année, les gens ont un petit grain de folie. Les deux amies profitent de ce contexte favorable et batifolent gaiement lorsqu'un projet absurde germe dans l'esprit de Faith.

- On est bien, non ?

- Surtout quand on sait que ça ne va pas durer.

- Pourquoi tu dis ça ?

- Parce que je le sais.

- Tu sais ce que j'aimerais ? Que Bertrand soit là.

- Tu ne vas pas recommencer ! Ne me casse plus les pieds avec ce crétin.

- Et pourquoi pas ?

- Parce que je n'en ai rien à fiche, de ton petit français.

- Tu n'as pas toujours dit la même chose.

- Hé bien j'ai changé d'avis. Pourquoi veux-tu encore remuer cette histoire ? C'est ridicule ! Et puis tu as la mémoire courte : il ne t'aimait pas et tu n'as pas supporté longtemps notre ménage à trois.

- J'ai fait une grave erreur, Ruby. Ça aurait pu se passer autrement.

- Tu parles ! Mais va donc le retrouver, ton petit charmeur. Qu'est-ce que tu veux que ça me fasse ? Moi, je m'en passe très bien.

- Comment peux-tu tourner la page aussi vite ?

- Je suis comme ça. Ce type n'était qu'un miroir aux alouettes !

- Il reprend sa vie en Europe. Tu sais, nous nous écrivons. Je suis sûre qu'il aurait pu s'attacher à moi, si nous avions pris le temps.

- Crois ce que tu veux : Maintenant, c'est trop tard. N'y pense plus ! C'est pour ça que je suis là, non ?

- Oui. Mais quand même, Je me demande pourquoi vous ne vous écririez pas.

- Ah, voilà autre chose ! Je n'aime pas écrire et je n'ai rien à lui dire.

- Il ne se remet pas de nous avoir quittées dans de telles circonstances. Et il pense toujours à toi. Je le sais. Si tu voulais, tu n'aurais qu'à lever le petit doigt…

- Mais je n'en ai pas envie, Faith. J'ai l'impression que tu veux encore me mêler à tes histoires…

- C'est vrai. Tu pourrais le persuader de revenir. Fais-le pour moi.

C'est ahurissant : Elle ose lui demander une chose pareille ! Et pendant trois jours, elle revient à la charge comme un disque rayé. Ruby prend Faith en pitié quand celle-ci lui dévoile son plan lamentable :

- Ecoute : L'assemblée générale du Cénacle d'Hypatie va se tenir prochainement à Paris. Tu pourrais nous y représenter. Bertrand habite à deux pas. Tu le retrouves et ranimes sa passion...

- La passion de Bertrand ! Si je comprends bien, tu veux aussi que je te le ramène dans mes bagages ? Tu me paierais pour que je couche avec lui, peut-être ? Mais nom de Dieu, Faith, réveille-toi ! Fais tes commissions toi-même !

- Je n'ose pas, tu sais. J'ai trop le trac…

- Toi, le trac ? Tu es bien trop fière, oui ! Bon Dieu, tu me fais de la peine. Et sa nana ! Tu as pensé à sa nana ?

- Stéphanie ne vit plus avec lui.

- Mais au fait, Bruce ne devait pas revenir ?

- C'est beaucoup trop compliqué.

- Je me demande ce qui est compliqué avec toi…

Ruby rentre à Boston sans rien promettre.

Il fait un temps pourri en Europe, le commandant de bord vient d'annoncer qu'on va bouffer des cuisses de grenouilles à Paris. Faith a payé à Ruby son billet d'avion. Bertrand vient la chercher à Roissy. Elle soigne la présentation car elle connait ses goûts vestimentaires. Elle se laisse distraitement embrasser à l'européenne. Elle se tient bien droite sur le siège du passager, la jupe relevée à mi-cuisse. Il en bande déjà dans son costume croisé Prince de Galles. Mais une fois à l'hôtel, elle le congédie. Elle est fatiguée par le décalage horaire.

C'est bon pour exciter sa libido. D'ailleurs, elle ne le trouve pas très séduisant dans son petit monde de tortues Ninja. Faith devrait comprendre cela. Quoi qu'il en soit, Ruby le tient par les couilles, elle n'en fera qu'une bouchée. Le lendemain, déjeuner dans une vieille brasserie parisienne avec des mégots par terre et des peintures de Toulouse-Lautrec sur les murs, promenade autour des bassins asséchés du jardin du Luxembourg. Le troisième jour : Rien. L'assemblée générale d'Hypatie dure des heures et Ruby ne comprend rien à leurs magouilles.

Faith bombarde Ruby de mails pour qu'elle reprenne les hostilités. Bertrand ne dit rien de leur rencontre dans ses messages. C'est curieux. Il a sans doute mauvaise conscience et ne veut pas froisser Faith. Ruby obtempère :

- Ça y est ! Je l'ai appelé. Je le retrouve dans sa cambuse.

Bertrand est habillé comme il le disait dans sa correspondance avec Faith. Un vieux pull déchiré et des grosses chaussures de chantier. Il est sexy comme un camionneur. Il attend Ruby les bras ballants sous le porche de sa maisonnette. Elle progresse à petits pas sur le gravier mouvant et se livre à lui. Il l'empoigne et la traine à l'intérieur.

Faith est électrisée par le récit.

Il fait chaud, les persiennes sont entr'ouvertes, ça sent la peinture fraiche et la transpiration. Une ampoule crache au dessus du canapé jaune à moitié déballé. Ruby trébuche sur le film qui protège la moquette. Bertrand l'appelle sa Rubinette. Il lui offre du bourbon, fiche son manteau par terre, arrache les boutons de son petit jeans moulant, empoigne ses gros seins, la balance sur le canapé et la prend violemment en levrette. Après l'amour, il se roule par terre, la bite ramollie.

- Ohhh Ruby, tu me dégoutes. Et alors, qu'est-ce qu'il a dit ?

- Que c'était de la bonne baise !

- Mais non ! Ce n'est pas ce que je te demande.

Elles communiquent en chat privé et Faith a encore droit aux expressions les plus vulgaires. Faith devrait savoir que les français sont obsédés par le sexe… Elle repose sa question :

- Et après, qu'avez-vous décidé ?

- Je lui ai dit : Mon petit père, si tu veux encore en tâter, demande à la Directrice des Relations Humaines !

- Mais qu'est-ce que tu racontes ?

- Je lui ai dit : Tu m'aimes, elle t'aime, on t'attend à Salem. Elle n'est pas belle, la vie ?

- Bon et alors ?

- Il réfléchit… Moi, je me casse. Je n'en peux plus de ce pays de merde. La Seine est caca d'oie et les parisiens sont des vampires.

Faith n'ose rien demander à Bertrand. Elle attend qu'il se décide, mais ça ne vient pas. Elle emmène Zeus dans le coffre de la voiture et sillonne avec lui la forêt de Widcat. La nature explose à la fonte des neiges et de grands massifs de narcisses envahissent le sous-bois. Ruby n'est pas passée la voir à son retour, elle a rejoint directement sa copine à Denver dans le Colorado et ne donne plus aucune nouvelle.

C'est le moment que choisit Bruce pour faire son grand retour. Maintenant qu'il a payé son amende, il vient chercher les caresses comme un bon toutou. Il se montre beaucoup plus compréhensif que le mois dernier au cabinet d'avocats de la Western avenue. Il est tout miel et ne reproche pas à Faith d'avoir soutenu Ruby. Au début, il est très évasif sur sa situation, il prétend que ses affaires l'amènent à New York. Mais il finit par avouer que son contrat avec le magnat hindou est rompu et qu'il est fâché avec sa petite amie. Il revient dans l'est pour chercher du travail et refaire sa vie. Il range sa Vannette avec tout son barda dans le garage de Faith. Il s'en remet humblement à elle. Mais Faith attend son homme. L'autre… Elle tente de lui en parler, mais il glisse sur le sujet. Bruce et sa confiance légendaire ! Faith finit par se demander si son retour n'est pas providentiel.

- Quand tu m'as appelé l'autre jour, j'ai réalisé que nous n'en avions pas fini, tous les deux. J'en avais ma claque de la Californie et je me suis demandé pourquoi j'avais tout laissé tomber. Ma vie est ici, à Salem. Avec le printemps qui s'annonce, donnons-nous une seconde chance…

Super Bruce oublie tout simplement qu'ils sont divorcés. Faith le snobe mais il l'aura à l'usure. Bruce a le chic pour neutraliser toutes ses résistances. Il suspend ses clubs de golf dans la buanderie, raccastille le hors bord et farte les skis nautiques. Il remonte ses cartons de la cave, actualise son carnet d'adresses et invite leurs vieux amis comme s'il rentrait d'un weekend en Floride.

- Tu vas un peu vite en besogne, mon chéri. N'oublies pas que pour tous ces gens, je suis encore avec le français !

- Disons que c'était une parenthèse.

- Que veux-tu dire, une parenthèse ? Tu remets un peu vite les pieds dans tes pantoufles.

- Bon. Il est toujours caché dans le placard ? Il ne revient pas en fin de la semaine, j'espère ?

- Je ne sais pas. Ruby l'a revu il y a quinze jours.

- Ruby l'emmerdeuse. Hé bien, grand bien lui fasse ! Mais je croyais qu'elle était dans les Rocheuses ?

- Oui. Mais avant, elle s'est rendue à l'assemblée générale du Cénacle d'Hypatie.

- Qu'est-ce que tu racontes ?

- Elle était à Paris avec Bertrand.

- Tu es sure ? J'ai appelé Pénélope l'autre jour pour lui parler de mes problèmes. Elle se plaignait que vous n'étiez pas représentées là bas.

- Alors là, c'est la meilleure !

Faith se rue sur le téléphone.

- Ruby ? Merci de bien vouloir enfin me répondre, ma chérie. Tu sais, je n'ai toujours pas de nouvelles de Bertrand. A propos : Tu ne m'as pas fait ton rapport sur la réunion des mathématiciennes.

- Sur la… Hé bien, en fait, je n'y suis pas allée.

- Ha bon ?

- Oui… Tu sais, je suis à Denver depuis un moment.

- Et alors ? Pourquoi ne m'as-tu rien dit ?

- Je te le dis maintenant. Et je n'ai pas vu Bertrand non plus…

- Quoi ? Mais tout ce que tu m'as raconté sur internet ?

- C'étaient des conneries. Je t'ai bien fait marcher, hein ? Tu en avais tellement envie ! Bertrand ne m'a pas baisée, si ça peut te rassurer. Je suis désolée de te le dire, Faith, mais cette idée était grotesque ! Et à part ça, qu'est-ce que tu deviens ?

- Hé bien, je ne sais pas ce que je deviens… Bruce s'installe ici pour quelque temps.

- Quelque temps ? Hé bien voilà, c'est parfait. Tout rentre dans l'ordre ! Moi, je pars dans l'autre sens. Je vais refaire ma vie en Californie. Tu devrais en faire autant…

13 – Du rififi à Zoniana

Dans le midi, une sécheresse exceptionnelle est annoncée. La fosse septique pue dans la cour des Garrigues et Stéphanie laisse jaunir les mauvaises herbes autour de la maison. Elle s'enferme dans son bureau au premier étage pour travailler à son projet de recherche. Tous les soirs, en revenant de Montpellier, elle rend visite à sa voisine. Les échos grecs ne sont pas brillants. Uriana a téléphoné à Yohanna. Aaron a quitté Psyro sans donner de ses nouvelles. Il a pris contact avec la pègre locale et est passé dans la clandestinité. Uriana n'a plus aucun moyen de le retenir.

Yohanna ne sort plus de chez elle. Stéphanie s'occupe de ses courses. Que peut-elle faire de plus ? Elle n'est pas responsable du naufrage d'Aaron et maudit ces gens qui font tout ce qui leur passe par la tête sans se préoccuper des autres. Elle pourrait demander à Julio de retourner en Crète mais il est en Espagne et picore lui aussi la vie à pleines dents. Alors, elle pense à Bertrand, SON homme… Là où elle a échoué, pourrait-il réussir ? Le malheureux en bave depuis son retour. Une virée dans les iles lui changerait les idées. Elle se décide bientôt à le convaincre :

- Yohanna ne va pas bien du tout. Elle fait une dépression nerveuse et son médecin parle de l'hospitaliser. Je ne sais plus quoi faire. Ce sont des amis, nous devons les aider. Tu pourrais retrouver Aaron et le décider à rentrer.

- Je le connais à peine. Pourquoi m'écouterait-il ?

Bertrand n'est pas emballé par le projet, mais il ne veut pas s'opposer à Stéphanie. Elle lui demande d'aller à Versailles, il va à Versailles, qu'il travaille avec son frère, il travaille avec son frère… Et maintenant, voila qu'elle l'envoie courir après ce fichu maçon anglais qui l'a séduite sous le nez de sa bonne femme !

Bertrand embarque à Orly sur un vol direct pour Héraklion. Stéphanie a retenu une chambre à l'hôtel Grecos. Uriana, la farouche maitresse d'Aaron, a promis de l'aider. Elle ne veut surtout pas qu'il monte à Psyro, mais elle ira à sa rencontre. La ville et le port sont charmants, un vent tiède souffle, la saison touristique a commencé. Bertrand pose ses valises, ouvre la fenêtre de sa chambre face à la mer, s'étend sur le lit et se laisse envahir par le piaulement des goélands et des avertisseurs. Il a l'impression de reprendre sa carrière de voyageur de commerce. Le réceptionniste doit lui annoncer son rendez-vous.

Uriana frappe discrètement à sa porte. Elle est tout à fait comme il l'avait imaginée : Farouche et volontaire. Elle s'est introduite incognito dans l'hôtel avec un type d'une trentaine d'années au visage étroit buriné par le soleil qui fixe curieusement Bertrand de ses petits yeux charbonneux.

- Isidoros va vous donner un coup de main. C'est mon cousin. Ici, on règle les affaires en famille. Il est censé travailler sur le continent mais connait l'ile comme sa poche. Il suivra discrètement la piste d'Aaron avec vous. Hermias est revenu au village. C'est l'homme qui a tué la petite Jewel. Aaron voudrait le supprimer pour venger sa fille. Enfin, c'est ce qu'il a raconté dans les bars d'Héraklion. Tout le monde est au courant de ses projets, maintenant, et c'est lui qui est en danger. On dit qu'il a gagné le maquis et nous avons perdu sa trace. Restez ici et profitez un moment de vos vacances pendant qu'Isidoros prépare votre expédition.

Pendant deux jours, Bertrand se ballade dans les ruelles de la ville fortifiée, traine autour du port de pêche et court à petites foulées jusqu'au fort vénitien au bout de la jetée pour prendre une bolée d'air marin. Isidoros apparait et disparait ici ou là sans prévenir : Dans sa chambre, au coin d'une rue ou à la terrasse d'un café. Il glane les informations, guidé par le bouche à oreille. Finalement, il conduit Bertrand dans une grosse villa des environs. Un honorable patriarche, genre de parrain de la mafia crétoise, les reçoit. Il connait la France où il a vécu quelques années.

- Je vais tout vous expliquer, Monsieur Cuvier : Depuis l'antiquité, à part quelques voleurs de chèvres, la Crète est le pays le plus sûr au monde. La contrebande est notre commerce national et les rares vendettas entre familles respectent un code scrupuleux. Les autorités nous laissaient faire jusqu'à ce que des organisations internationales s'implantent sur notre ile. Je connais Monsieur Riley et je l'estime. Nous avons eu d'excellentes relations d'affaires dans le passé. Mais il n'entrainera pas nos familles dans des règlements de comptes pour un crime de sang commis sur un étranger. Il a compris notre position et cherche d'autres soutiens dans le district de Rethymnon. J'ai donné à Isidoros quelques renseignements à ce sujet. Nous pouvons vous aider à retrouver votre ami, mais il devra renoncer à son projet. Nous comptons sur vous pour le convaincre.

Une domestique africaine verse l'ouzo dans de grands verres remplis de glaçons. On grignote une salade au fromage de brebis avec des crackers.

Isidoros donne le signe du départ le jour suivant. Il ne parle pas beaucoup et Bertrand se demande s'il n'en profite pas pour mener à bien ses propres affaires. Au début de l'après-midi, il dépose deux fusils à pompe dans la penderie de sa chambre et emmène Bertrand dans un magasin de sport pour l'équiper comme un parfait randonneur.

- Nous partons demain pour Zoniana ! C'est à une cinquantaine de kilomètres à l'ouest de l'ile. J'ai réservé à votre nom une voiture de location. Vous irez la chercher à huit heures et chargerez nos affaires dans le parking souterrain de l'hôtel. Retrouvez-moi à neuf heures et demie en face de la grande jetée, au bout du port de commerce.

Ils progressent toute la matinée sur d'étroites routes de montagne. Isidoros s'arrête à l'approche des villages pour téléphoner et attend qu'on le rappelle, sans expliquer à Bertrand ce qui se passe. Le paysage est aride et sauvage. Ici ou là, quelques vallonnements de garrigue adoucissent des amas de roches et d'éboulis. C'est le royaume des caméléons, des geckos et autres lézards verts. Zoniana est un gros bourg situé au pied d'une falaise déchiquetée. On devine à mi-pente les entrées de quelques galeries. Certaines d'entre elles semblent aménagées pour la visite. Les maisons à toit terrasse sont délabrées et, aux douze coups de midi, à part quelques touristes égarés, on ne croise personne dans les rues. Voici le musée des Caves Sfendoni, une grange blanchie à la chaux. Le portail et son encadrement de pierre sont barbouillés de rouge, reproduisant la silhouette ventrue des colonnes du palais de Knossos.

- C'est une curiosité locale, classée au patrimoine de l'UNESCO. Il y a dans ces grottes des espèces rares d'insectes et des stalagmites qui ressemblent à des silhouettes humaines. Sous les projecteurs, le spectacle est saisissant. On a aussi retrouvé au fond d'un puits des ossements préhistoriques. On l'appelle « la chambre à l'enfant. »

Isodoros gare la voiture sur une petite place écrasée sous le soleil. Il reste au volant à attendre. Au bout d'un moment, il veut bien aller s'asseoir sur un banc de pierre au pied d'un grand mur aveugle à l'ombre d'un eucalyptus.

- Zoniana est un repaire de brigands qui se livrent à tous les trafics, y compris l'enlèvement de touristes étrangers. Je n'ai pas pris les fusils pour nous défendre mais pour leur montrer que nous faisons partie des hors la loi. Parce que ces types n'hésitent pas à tirer sur un bataillon de gendarmes avec des kalachnikovs.

Un 4x4 brinqueballant surgit de nulle part et s'arrête derrière leur voiture. Sur un signe de la main à travers la vitre, Isodoros et Bertrand le suivent. Ils empruntent un chemin caillouteux qui zigzague au fond d'une gorge étroite. Isidoros est attentif au moindre buisson et regarde souvent dans le rétroviseur. Ils s'arrêtent au bout de la piste. Deux gars descendent du véhicule et s'emparent de leurs armes. Ils continuent à pied à travers bois jusqu'à une plateforme herbeuse devant un abri troglodyte. Un barbu à la Che Guevara, treillis militaire et casquette de baseball, les attend devant une table de camping. Son nom est Kimon.

- Votre ami est chez les « serbes » depuis une semaine. Leur base est à une vingtaine de kilomètres d'ici. Nous ne savons pas ce qu'ils trafiquent mais s'il est venu pour affaires, il a du temps à perdre.

- Vous pensez qu'ils le gardent prisonnier ?

- C'est possible A moins qu'ils n'attendent une livraison avant de le laisser repartir.

Après de longs palabres en grec, ils redescendent tous les quatre au village. Ils s'installent dans une chambre d'hôte. Isidoros est très préoccupé. Une fois douchés, il livre à Bertrand le fond de sa pensée.

- Je ne sais pas exactement ce qu'on va faire. Kimon nous en dira plus demain mais je crois que votre ami est dans de le pétrin. Ces gars là ne font rien sans contrepartie, surtout avec un étranger. Et si Monsieur Riley leur a donné de l'argent, pourquoi resterait-t-il là-haut ? Il devrait déjà être loin. Kimon pense qu'ils n'accepteront pas de jouer aux tueurs à gage, même pour une forte somme d'argent. Ils le retiennent certainement pour obtenir une rançon. Ils sont probablement déjà au courant de notre arrivée et imaginent que vous êtes l'homme avec qui ils pourront négocier. Quelqu'un en qui votre ami puisse avoir confiance !

- Mais je n'ai aucun moyen de négocier. Et de toute façon, je n'ai pas d'argent !

Bertrand veut tout laisser tomber : Cette histoire sent le traquenard à plein nez. Il appelle Stéphanie mais son portable ne capte aucun réseau. Isidoros le conduit près d'une antenne relais à la sortie du village, avec les carabines bien en vue sur la lunette arrière. Il ne laisserait pas Bertrand se promener seul dans la rue à la tombée de la nuit. Effectivement, ils croisent en chemin des gardes armés et reconnaissent parmi eux les hommes de Kimon.

Stéphanie l'exhorte :

- Il faut libérer Aaron ! Tu ne peux plus reculer, maintenant. Appelle donc les gendarmes !

- Tu n'y es pas du tout. Les gendarmes ne font pas la loi, ici. S'ils acceptaient de se déplacer, nous assisterions à une véritable bataille rangée ! Je suis pris entre deux bandes rivales et je n'ai rien à leur proposer. Je ne fais pas plus confiance à ce capitaine Kimon qu'au prétendu commando serbe. Il y a autre chose que j'ai appris hier : Aaron est connu dans le milieu. Il aurait déjà fait des affaires avec la pègre locale.

- La pègre locale ? Attend un peu. Je te rappelle.

Stéphanie vient d'avoir une idée. Elle connait quelqu'un qui sait comment ce joli petit monde fonctionne parce qu'il en fait partie. Et c'est peut-être la seule personne qui puisse les sortir de cette impasse. Elle compose le numéro personnel d'Antonakis. Un quart d'heure plus tard, le portable de Bertrand affiche un correspondant anonyme. Isidoros est sorti de la voiture pour discuter avec des paysans et Bertrand lui fait de grands signes pour qu'il rapplique. Une voix grecque demande à lui parler. La conversation s'éternise et Bertrand s'impatiente parce que Stéphanie ne pourra pas le rappeler.

- C'était un ami de Monsieur Riley, un personnage très influent. Votre femme a demandé que je lui explique ce qui se passe. Il va s'entendre avec le clan des serbes. Ils ne lâcheront peut-être pas tout, mais seront plus conciliants. Et Kimon ne cherchera pas à nous doubler.

Les hommes de Kimon les cueillent au gîte le lendemain matin et les conduisent dans une fermette isolée, à quelques kilomètres du village. Ils préparent une expédition dans les montagnes pour rencontrer les serbes. Kimon et quatre maquisards armés mènent Bertrand et Isidoros sur de mauvais chemins à bord de deux véhicules tout terrain jusqu'à un pan rocheux et continuent à pied sur le sentier de la guerre. L'ambiance est plus détendue que la veille, on chahute et on se bagarre amicalement. Pause-déjeuner au bord d'une lavogne envahie par les ronces.

- Nous discuterons avec eux dans un endroit tranquille. Votre ami sera là. Son protecteur nous a grandement facilité la tâche.

La randonnée est spectaculaire. Ils suivent des failles étroites tapissées de chênes verts, de buis centenaires et de genets en fleurs, progressent sur des vires pentues, passent des cols couverts de bruyères et de rhododendrons, escaladent des corniches étroites à flanc de falaise survolés par les vautours. Chacun porte son fusil en bandoulière. On atteint un poste de garde tenu par un vieux berger barbu et édenté. Trois « serbes » répondent à son hululement. Un gars de Kimon part avec eux inspecter les environs. Il garde le contact avec un talkie-walkie. La confiance règne ! A leur retour, Kimon, Isidoros et Bertrand laissent leurs armes à leurs quatre barbouzes et suivent les trois serbes. Ils s'enfoncent à nouveau dans des bois de chênes verts et grimpent un raidillon jusqu'à une casemate construite en pierres sèches recouverte de lauzes.

Deux malabars aux bras tatoués encadrent Aaron en short anglais et à la barbe grise. Il ne lui manque plus que le casque colonial ! Un des « serbes » se présente. En réalité, tout le monde palabre en patois crétois. Ce sont tous des fils du pays mais ils travaillaient pour des intérêts différents. Finalement, Aaron s'avance et serre la main de Bertrand cérémonieusement.

- Bonjour, mon cher Bertrand. Si je m'attendais à vous voir ici ! Merci, vous avez pris de gros risques pour me retrouver. Mais j'aurai tenu bon, vous savez… Je vous expliquerai cela plus tard. Ils me laissent rentrer à Héraklion avec vous pour payer la rançon. Foutons le camp avant qu'ils ne changent d'avis.

Ils rentrent par le même chemin. Les plantes médicinales exhalent leurs parfums sous les talons des rangers. Aaron est incapable de porter son sac à dos, il s'est démis l'épaule dans une échauffourée. Paeon, une jeune recrue de dix huit ans, les attend derrière les véhicules tout terrain. Les gendarmes ont débarqué à Zoniana, ce qui complique sérieusement les choses. Il vaut mieux contourner le village. Isidoros doit tout de même récupérer la voiture de location restée devant le gite. Il inventera bien quelque chose pour s'en sortir. Paeon conduira Aaron et Bertrand à Heraklion en suivant une autre route à bord de sa Seat Ibiza. Le jeune garçon est fier de sa mission et leur montre ses blessures de guerre au ventre. A la tombée de la nuit, ils sont hébergés par un couple de hollandais dans un petit hameau perdu.

Aaron téléphone enfin à Yohanna sur le portable de Bertrand. Bien entendu, il fait le mariole :

- je n'avais plus de batterie, ma chérie, mais Bertrand s'occupe très bien de moi : *« Hermès ramène l'enfant des enfers et fait remplacer son épaule meurtrie par une pièce en ivoire. »* Non ma Yohanna chérie ! Je plaisante. Ce n'est pas grave, mais je souffre le martyr.

Yohanna n'apprécie pas son humour. Aaron comprend qu'il y a quelque chose de cassé à l'autre bout du fil. L'œil dans le vague, il passe l'appareil à Bertrand.

- Soyez tranquille, Yohanna. Je vous le ramène sain et sauf. Il a l'air guéri de ses projets de vengeance. C'est bien beau, la vie sauvage, mais la civilisation a tout de même du bon.

Yohanna ne dit rien mais lui passe Stéphanie.

- Alors, on prend de bonnes résolutions, à ce que je vois ?

- Oui, mon amour. Nous rentrons. Nous avons eu notre compte d'aventures rocambolesques.

Isidoros les appelle d'Héraklion. Aaron lui répond en grec. Les flics sont sur le coup. Ils ont interrogé le loueur de voitures et attendent Bertrand à l'hôtel pour assurer la protection des touristes étrangers. Ils se doutent qu'il a rejoint Aaron. Ils sont au courant de beaucoup trop de choses. Ils vont les arrêter et ça risque de durer un longtemps. Aaron se sent pris au piège, son épaule le lance, il est très énervé. Il se débat à nouveau avec le portable de Bertrand pour joindre Antonakis.

Le lendemain, un médecin de campagne ausculte Aaron et étale du baume sur son épaule. Le jeune Paeon a disparu. Enfin… Sa voiture est toujours garée sur le talus. Un vent brulant dessèche les collines et nos deux amis passent la journée dans la chambre climatisée en buvant du Raki. Ils se racontent leurs vies. Leurs espoirs, leurs gloires et leurs désillusions, tout cela pour finir entre les mains de ces petites frappes. Ce n'est pas reluisant !

- Je ressentais le fauve en moi mais une fois dans l'arène, j'ai compris que je n'avais pas l'âme d'un prédateur…

- Encore heureux, Monsieur Riley. Quant à moi je suis tombé sur de vraies tigresses.

Aaron lui raconte son équipée lamentable. Il est arrivé à Zoniana en autocar avec des liasses de dollars au fond du sac. Comme il était en avance sur son rendez-vous, il a visité la « chambre à l'enfant. » Un endroit complètement flippant. Il devait négocier le contrat au fond d'une impasse. On lui avait dessiné un plan du village pour qu'il ne demande son chemin à personne. Mais une fois sur place, le programme avait changé : Ses interlocuteurs voulaient le conduire à leur chef. Quand Aaron a commencé à flairer l'arnaque, il était déjà trop tard. La fourgonnette caracolait en rase campagne et les gars étaient armés jusqu'aux dents.

- Ils ont pris tout votre fric ?

-Oui. Heureusement, ce n'était qu'un acompte. Mais maintenant, il faut leur donner un peu plus…

- Sans remplir le contrat ?

- Le seul contrat qui vaille dorénavant, c'est ma libération ! C'est ce qu'ils ont convenu avec Antonakis.

- Ah, je vois ! Les temps sont durs.

- Je ne m'en tire pas si mal, mon petit ami ! Si nous ne voulons pas tout perdre, rentrons dans le rang et laissons tomber nos chimères : Nos Ruby et nos Uriana… Compris ?

Le jeune Paeon réapparait en sifflotant à la nuit tombée et se met le volant. Le « commandant au chien doré » les fait chercher en hélicoptère sur la terrasse d'un hôtel de bord de mer près de Rethimnon, une station balnéaire à soixante kilomètres d'Héraklion. Et trois cent cinquante kilomètres en hélicoptère sur la mer Egée, c'est moins éprouvant qu'à bord d'un bateau en pleine tempête. Merci Antonakis.

Les voici donc à Athènes, ville éternelle, phare de la civilisation occidentale : Un dédale hypothétique de rues plongé dans un brouillard de pollution et résonnant d'incessants coups de klaxon. Capitale de la corruption, de la fraude fiscale et du nationalisme xénophobe. Aaron et Bertrand remercient chaleureusement l'homme d'affaires dans de luxueux bureaux au dernier étage de la tour de son consortium d'armateurs plantée au milieu des bidonvilles. Ils rendent aussi visite à Rena et son commerce florissant d'œuvres d'art au pied de l'Acropole. Derniers témoins du rayonnement économique et culturel de la république grecque… et de la gloire d'Aaron.

Ils se bourrent les poches du produit de la vente du chien de Tantale dans la salle des coffres de la Banque du Pirée. Bertrand ironise :

- Moi, mes malheurs ont commencé quand j'ai accepté de garder le chien Zeus.

Ils prennent donc l'avion avec ce qui reste du magot… une fois déduites les diverses taxes de séjour.

14 – La chaine de Markov

Pendant que son beau-père s'amuse en Crète, Kilian descend à Cazeneuve pour aider sa mère à organiser le déménagement. Il avait laissé au fond des placards les souvenirs de son enfance et tout un bric-à-brac insensé que Bertrand ne s'était jamais résolu à jeter. Stéphanie envisage de transformer la maison en gite de vacances, mais c'est loin d'être opérationnel. Elle fait surtout un gros travail de classement en prévision de ses futures recherches : Simples notes ou feuillets séparés, fascicules, documents imprimés et dossiers sont rangés dans des boites à archives. Tout cela est plus important que le nettoyage de la maison et le tri des petites culottes. En outre, elle doit boucler son année universitaire, superviser les thèses de ses élèves et décortiquer le programme d'études du Laboratoire de Mathématiques de Versailles. Sa mission commencerait par une exploration documentaire des plus récents développements théoriques de la chaîne de Markov. Elle retrouve ses vieux écrits sur le sujet, ses interrogations, ses jubilations et ses déconvenues d'antan, tel un musicien feuilletant les partitions d'une symphonie inachevée.

- Tu jettes ce cahier, maman ? Je le récupère. J'adore ton écriture ! Je proposerai à Rodo d'inventer une gamme de bijoux, une série gravée qui s'intitulerait « Algèbre. » Ce graphisme m'a toujours étonné. Ma première création sera pour toi ! Qu'en penses-tu ?

- Oui, oui. Ces notes de cours portent justement sur la théorie à laquelle je vais travailler. A l'époque, je songeais à une méthode qui utilise le processus de Markov pour construire la trame d'un roman : On définirait le caractère et les aspirations des personnages et mettrait en équation leurs relations pour découvrir ce qui va leur arriver...

L'histoire de Petit Pierre en est l'exemple emblématique : Petit Pierre collectionne les photos des onze joueurs d'une équipe de foot réparties dans ses tablettes de chocolat. Chaque fois qu'il achète une tablette, il a une chance sur onze de tomber sur le joueur k. On note Xn appartient à $P([[1,11]])$, l'état de sa collection à la n ème tablette. $X=(Xn)n$ supérieur ou égal à zéro est une chaine de Markov... Quel est le nombre de tablettes que Petit Pierre doit acheter en moyenne pour réunir la collection complète ? HN est le Nième nombre harmonique... Ce qui nous donne $11H11=33,2$, soit trente trois virgule deux tablettes de chocolat !

- Woah ! je n'ai rien compris, mais le résultat est bluffant.

- Ce n'est qu'une probabilité statistique. Mais avec tout cela, je n'arrive même pas à évaluer nos chances de rester ensemble avec ton beau-père ! Il faudrait tenir compte de tant de paramètres...

Kilian est aussi venu pour comprendre ce qui arrive à sa mère. La verra-t-il plus souvent à Versailles ? Restera-t-elle avec Bertrand ? Se rapprochera-t-elle de Rodolphe ? La sempiternelle fable de la réconciliation des parents divorcés...

À l'annonce du retour d'Aaron, Yohanna s'effondre littéralement. Après ces longs mois d'attente à perdre du poids, on doit l'expédier directement en maison de repos. Dès son arrivée, Aaron la rejoint Hôtel de l'Arbousier, à Lamalou-les-Bains. La station thermale est spécialisée dans la rééducation des accidentés de la route mais c'est aussi un charmant lieu de cure, blotti dans un vallon boisé, qui garde son cachet de la Belle Epoque.

Yohanna suit un programme de remise en forme, massage et beauté avec suivi nutritionnel et avale sous bonne garde les pilules antidépressives de son médecin traitant. Tous les matins, Aaron arpente la forêt des Ecrivains Combattants qui lui rappelle son équipée crétoise. Dans la salle à manger de l'hôtel, ils font la connaissance d'un couple originaire des Midlands, au centre de l'Angleterre. Ils occupent bientôt leurs après-midis à des parties de whist et échangent des romans d'Agatha Christie. Aaron est très en verve :

- Agatha est née dans le comté du Devon. Elle a passé son enfance sur la riviera britannique, bercée par le flux et le reflux des marées. Elle faisait de la voile dans la baie de Salcombe avec son père. Celui-ci était courtier en bourse et rentrait rarement de la maison, exactement comme le mien. Les hivers sont doux là bas : Le Gulf Stream réchauffe la côte. Il y a des figuiers, des camélias, des fuchsias, des magnolias… C'est la toile de fond de toute son œuvre. Agatha se ressourçait régulièrement dans sa propriété de Greenway où l'on retrouva après sa mort deux nouvelles inédites enfouies au fond d'une malle. Elle gardait longtemps ses textes sous le boisseau pour en tirer des best-sellers après des années de maturation. Dans ses romans, Torquay est le fameux Saint Loo : C'est toute mon enfance et aussi celle de ma mère. Elle a d'ailleurs rencontré Agatha plusieurs fois. Elle a même été consultée pour tourner la fameuse série télévisée.

Yohanna taquine Aaron :

- Quand nous nous sommes rencontrés, Aaron voyait en moi la future Agatha Christie. Tu te souviens ? « Yoyo, fais nous un Christie pour Noël ! » Mon Hercule Poirot s'est fourré dans une sale histoire cette année…

Pendant la première guerre mondiale, de nombreux réfugiés belges venaient à Torquay. Agatha s'en est inspirée pour son héros. Sa sœur était une inconditionnelle de Sherlock Holmes et l'avait défiée d'écrire un roman policier aussi bien ficelé. Agatha était jalouse de sa sœur, qui avait épousé un riche écrivain. Elle tomba malade et sa mère l'emmena en convalescence dans un grand hôtel du Caire. C'est là qu'elle écrivit sa première nouvelle, toute emprunte de spiritisme et de paranormal. Les personnages de « La mystérieuse Affaire de Style » évoluent dans un cadre colonial aux épaisses moquettes. Elle y met en scène pour la première fois le sémillant détective. Les évènements s'y enchainent avec une logique implacable. Notre amie Stéphanie y verrait une construction mathématique.

Aaron se complait surtout dans les déconvenues sentimentales de l'écrivaine :

- Agatha a été très affectée par la mort de sa mère. Le mari qu'elle avait enfin trouvé, le séduisant officier aviateur Archibald Christie, choisit ce moment pour la tromper avec une dactylo. Agatha met alors en scène son suicide au bord d'un étang et se cache sous un faux nom dans une station thermale du Yorkshire qui ressemble étrangement à Lamalou-les-Bains… Pendant douze jours, des milliers de bénévoles explorent les moindres fourrés avant qu'elle ne se décide à réapparaitre. Elle rencontre ensuite son second mari lors d'une croisière au Moyen-Orient. Un archéologue qu'elle suit bientôt dans toutes ses campagnes. Nouvelle source d'inspiration exotique ! Elle a quinze ans de plus que lui et aurait déclaré : « *Comme j'ai bien fait d'épouser un archéologue : plus je vieillis et plus il s'intéresse à moi.* » Pendant qu'il explore la Mésopotamie, elle écrit « les douze Travaux d'Hercule. » Hercule Poirot, fils spirituel de Zeus ! Yohanna a puisé elle aussi dans la mythologie grecque pour écrire son roman…

À son retour de Grèce, Bertrand parcourt les environs de Versailles pour se rendre à des entretiens d'embauche. Evidemment, il trouve le moyen de se fâcher avec son frère.

- Non, Guillaume, je ne me prêterai pas à tes manigances pour obtenir ce poste. Si ça ne marche pas, je chercherai autre chose.

- Tu ne changeras jamais. Tu crois peut-être que ça va te tomber tout rôti dans le bec ?

- Absolument. Je crois à ma bonne étoile et ne forcerai pas le destin. C'est ce qui fait toute ma différence avec toi.

- Qu'est ce que tu insinues ?

- Que tu en veux toujours plus : Etre le meilleur, recevoir plus d'amour que moi de notre mère…

- Arrête, Bertrand ! Avec ta chance de cocu, tu me coifferas toujours au poteau.

- Alors c'est ça ! La jalousie te ronge. Tu es prêt à faire n'importe quoi pour affirmer ta supériorité… Tu voudrais que je porte aux nues ton mariage et ta réussite sociale. Tu crois être en mesure de me montrer la voie. Mais je ne te suivrai pas.

- Mais c'est n'importe quoi, Bertrand, tu es ridicule…

Ils font mine de se battre comme des adolescents préoccupés par l'affirmation de leurs différences. Mais heureusement, ils prennent vite conscience du ridicule et se mettent soudain à rire, heureux de retrouver intacte leur vieille complicité !

Bertrand accepte que son frère lui donne un coup de main pour repeindre Versailles. La maison sera bientôt prête à accueillir un nouveau chapitre de son existence. Il s'était lancé dans ces travaux comme on entreprend une thérapie : Seul avec lui-même, les mains occupées, concentré sur des tâches répétitives, la conscience divaguant sur les cimaises blanches. Les personnages de son petit théâtre intérieur avaient défilé en projections holographiques : Ruby, sa passion désordonnée au parfum capiteux et Stéphanie, son guide spirituel, la force tranquille qui régulait ses pulsions.

Il semble que les poussées d'adrénaline de son périple crétois l'aient sorti de cette hébétude. En voyant Aaron retenu par ses geôliers, Bertrand s'était reconnu lui-même, prisonnier de ses contradictions et courant à sa perte.

« *Le programme a rencontré une erreur sérieuse et doit fermer. Relancez l'application.* »

Son logiciel intime avait enfin décelé l'erreur fatale.

Oui, Bertrand et Aaron avaient fait un pas de côté salutaire. Ils avaient enfourché la machine à remonter le temps et la réalité les avait brutalement rappelés à l'ordre. Bertrand s'était bien rendu compte qu'il marchait à côté de ses pompes quand on l'avait arrêté devant le motel de Philadelphie ou quand il avait retrouvé Ruby en sang au fond du sous-sol à Salem. Par sa faute ! Ou en tout cas… On ne trouve pas forcément le bon joueur de son équipe en déchirant la première tablette de chocolat. Il faut plus de persévérance et de lucidité pour compléter son livre d'images.

En Crète, on ne donne le change en se la jouant perso. Dans un village comme Psyro, la loi orale privilégie le destin collectif. En outre, les paysans acceptent mal l'indépendance d'une femme célibataire, la bannissent quand elle épouse un « étranger » et la clouent carrément au pilori si elle couche avec un homme marié. Après la mort de la petite Jewel, Uriana avait fait les frais de ces traditions ancestrales. D'autant que les mauvaises langues l'avaient rendue responsable de l'« accident, » ce qui n'était pas totalement faux. Un silence réprobateur l'accusait toujours d'avoir éconduit son prétendant et contraint ce brave Hermias à l'exil.

Au fil des ans, elle avait patiemment reconstruit sa toile dans le village et consolidé ses libertés en marge des conventions sociales. Elle réussit à ce qu'on respecte sa singularité et joua à ce titre un rôle social prépondérant. Les langues se délièrent et l'évolution des mœurs lui donna finalement raison. Mais le retour d'Aaron risquait de réveiller de vieilles rancœurs : Les villageois n'entendaient pas renier leurs engagements, même s'il s'agissait de défendre un criminel, qu'ils estimaient avoir purgé sa peine à l'étranger. En voulant imposer sa loi, Aaron mettait à nouveau sa maitresse en péril. Uriana tint bon ce défi et en sortit grandie aux yeux de sa communauté. Elle sera prochainement élue à la tête du conseil municipal.

Au nouveau monde, Faith aussi s'implique dans la vie locale. En tout cas, Bertrand a eu le mérite de lui redonner cette envie. A Salem, elle est de tous les cercles et organise toujours avec le Groupe Social des Fabuleuses Femelles des rencontres thématiques. Au restaurant La Boniche, le patron français Richard la congratule comme un bonimenteur italien. Il lui baise sa main et la remercie de son soutien. Il l'interroge souvent à propos de son grand ami poète. Faith le reprend, toutes choses égales :

- Bertrand n'est pas vraiment un littéraire, disons que c'est un poète de la vie. Il se lance dans des situations insolites et perd souvent son fil d'Ariane. Les français passent pour de grands romantiques, mais à y regarder de plus près... Sans vouloir te choquer, sais-tu ce que disent mes étudiants ? Le tempérament des français, c'est mauviette, bouffe et sexe.

- « Mauviette » en français ?

- Oui, l'expression est charmante ! Bertrand dit que c'est un genre d'alouette... Il reviendra peut-être au printemps.

C'est la cigogne qu'elle attend pour bientôt : Bruce l'a mise enceinte. Et pour semer encore ses petits cailloux, elle programme à New York un imposant symposium du Cénacle d'Hypatie, sous le haut patronage de Lisa Chudlovsky.

Le principe de Markov repose sur l'idée que tous les éléments constitutifs d'un système déterminent son évolution, quels que soient les situations antérieures qu'il a pu engendrer. Cela revient à dire, si on l'applique par exemple à la société humaine, que le passé n'a guère d'influence sur le présent. Seules les conditions objectives régissent les évènements et c'est pourquoi les catastrophes humaines se répètent inexorablement… sans que l'on en tire les enseignements. Ce déterminisme matérialiste de l'histoire empoisonne depuis longtemps les philosophes, comme Antoine Augustin Cournot le déplorait en 1851 dans son Essai sur les fondements de nos connaissances :

« Il n'y a pas d'histoire, dans le vrai sens du mot, pour une suite d'événements qui seraient sans liaison entre eux. Il n'y a pas non plus d'histoire là où tous les événements dérivent nécessairement et régulièrement les uns des autres en vertu de lois constantes. »

Au vingtième siècle, l'occident regroupa certains courants philosophiques et humanistes sous le terme de « sciences humaines. » Plus optimistes que nos historiens, ces nouveaux praticiens devaient améliorer le comportement humain et engendrer une supposée Renaissance, comme celle qui illumina l'Europe au quinzième siècle. Bertrand partage cette espérance dans son jardin secret du Royaume d'Eigendom. Il crut en percevoir les prémices dans les utopies californiennes. L'énigmatique Ruby prend peut-être ce chemin que Bertrand n'a pas su suivre avec elle et que les statisticiens n'auraient pas vu venir. Son principe est que la vie n'est pas un territoire à conquérir, mais repose sur le seul développement de notre expérience intérieure. Et pour Ruby, tous les moyens sont bons : La duplicité, le parjure, le dépassement des frontières épistémologiques et la transgression de la morale. Elle avait adoré la citation de Guy Debord dans un bouquin que Bertrand avait rapporté de Montréal :

« Les gitans jugent avec raison que l'on n'a jamais à dire la vérité ailleurs que dans sa langue ; dans celle de l'ennemi, le mensonge suffit. »

Les gitans, aux Etats-Unis, ne sont pas montrés du doigt comme en Europe. Dans l'inconscient collectif, ils tiennent autant des tribus indiennes, des chariots de migrants partis à la conquête de l'ouest, des éleveurs nomades abattant les clôtures, que des hors la loi traqués par les chasseurs de prime. Si le Nouveau Monde a connu une immigration tzigane certaine, le plus grand cirque du monde Barnum en témoigne, leur communauté s'est bien intégrée dans cette civilisation de la mobilité permanente au point d'en oublier son origine eurasienne.

Ruby découvre à Denver les joies du campement en mobil-home avec son amie. Vingt millions d'américains vivent dans ces maisons foraines transportées par des semi-remorques. Ils se déplacent de job en job, de ville en ville, formant d'immenses lotissements protéiformes dans les banlieues urbaines.

Ruby célèbre ainsi la mémoire de son grand-père autrichien qui avait fui le vieux continent et épousé une jeune indienne. Les deux amies font cap à l'Ouest et rêvent de créer un centre mobile de relaxothérapie analytique qui sillonnerait les côtes de Californie. Dolores à Montréal et les mutants à moustache de San Francisco approuveraient ce projet « Nouvel Age. »

Enfin, revenons à la côte Est, à son attachement au déterminisme historique et à ses contingences. La personnalité de Bruce y joue un rôle emblématique. L'éternel absent exerça une influence considérable sur le couple formé par Faith et Bertrand. Image tutélaire du colon, digne héritier des pères fondateurs de la nation américaine, élevé par une riche famille d'agriculteurs de l'Orégon, Bruce a dans le sang les gènes de générations de shérifs et de pasteurs anglicans qui ont supervisé la sédentarisation de ces populations nomades. Brillantes études d'économie à Corvalis, carrière tapageuse à Boston. Ce beau garçon au regard charmeur, à la gâchette facile, passionné de pouvoir et d'argent, plein de certitudes, avait conquis le cœur de Faith par son optimisme inaltérable et le raffinement de son éducation. Il fait son grand retour chez elle avec l'assurance de la classe dirigeante. Il réaffirme à Salem l'image inaltérable de leur couple légendaire, à qui tout réussit au risque de se brûler les ailes à tout moment dans un nouveau scandale sulfureux. On les admire, on les envie, on les craint, on se flatte de les fréquenter, tout en espèrant au nom de la morale ne pas trop leur ressembler car « *qui trop embrasse mal étreint.* » et « *il y a une justice sur cette terre.* » De fait, la mégalomanie du cowboy, ses impostures professionnelles à répétition, sa soif de conquêtes féminines, ses démêlées avec la justice, les échos insistant de ses malversation à Palo Alto n'entament en rien sa gloire auprès de Faith. Elle s'est soumise dès qu'il eut à nouveau hissé son étendard sur le chalet des soupirs. En bon Anglo-Saxon Protestant Blanc, il n'attendra pas le jugement dernier pour tordre les bras du destin, plumer quelques âmes crédules, payer quand il faudra payer, gravir les échelons de la société.

La belle expérience pour Bertrand que de chausser les bottes de Bruce ! Des bottes de sept lieues qui n'étaient assurément pas faites pour lui. Il vivait chez Faith à l'ombre du grand homme et son pas eut tôt fait de chanceler. Mais à la fin des fins, il n'en sortira pas moins ragaillardi.

15 – Hors jeu

Chez les Cuvier se joue la dernière mi-temps aux Garrigues, sur la petite musique d'une famille bien de chez nous. Stéphanie et Bertrand remplissent les cartons sous le regard bienveillant du jeune Kilian. La présence apaisante du fiston calme les angoisses du couple. Ils recréent l'atmosphère d'antan, regardent à la télé les matchs de la Coupe du Monde et chahutent comme des gamins. Stéphanie approvisionne la table basse en coca-cola et bretzels, elle se moque gentiment de leur acharnement à suivre pendant des heures les rebonds d'un ballon rond.

- Mais non, maman, il n'y a pas que le hasard et les probabilités dans le football !

- Mais qu'est-ce que vous racontez, tous les deux ? Stéphanie, tu essaies encore de le convertir aux mathématiques ? Ha, nom de Dieu ! J'ai loupé la passe. Kiki, Tu as vu ce hors jeu ?

Encore un moment de bonheur. Comme Stéphanie aurait aimé qu'il se passionne autant pour les études !

- Tu comprends, maman : Il était derrière le défenseur quand son coéquipier lui a ENVOYÉ la balle. Il est passé devant pour la réceptionner mais ça ne change rien à la faute.

Bertrand se réjouit de cet entrain qui augure bien de leur reconstruction familiale. Stéphanie a retrouvé sa légitimité de mère. Pour Kilian, elle n'est pas coupable de l'avoir trompé : D'abord parce que Bertrand n'est pas son père et surtout parce qu'elle a eu son aventure APRES que Bertrand soit parti en Amérique. Bertrand était déjà hors jeu.

Mais Stéphanie ne demande pas d'acte de contrition, elle ne souhaite pas qu'ils règlent leurs comptes et se déchirent à nouveau. Elle veut simplement qu'ils unissent leurs forces et s'en sortent par le haut. Tout cela est du passé, le temps apportera de nouvelles joies, de nouvelles peines, l'amour reviendra peut-être si on veut bien faire un petit effort. Stéphanie a décidé d'oublier le retour lamentable de Bertrand chez Rodolphe, ses atermoiements et ses torpeurs nocturnes. Qu'il fasse bonne figure en famille et assure la logistique avec le jeune chevalier Kiki ! Le camion des Déménageurs Bretons arrive dans trois jours.

Pourtant Bertrand a besoin de confesser ses péchés. Il attend le moment propice pour cela. La veille du départ, après le déjeuner, Kilian emprunte la voiture et rejoint ses copains de collège à Montpellier. Stéphanie et Bertrand bricolent chacun de son côté. Bertrand a réuni tout son fourbi dans la pièce mansardée sous les toits. La chaleur de juillet est insupportable. Il descend boire un verre et s'arrête devant la porte du bureau de Stéphanie pour lui demander si elle a besoin de quelque chose. Elle lève son nez de l'ordinateur :

- Tiens, regarde : Tes amies m'envoient la plaquette du Cénacle de l'année prochaine. Hôtel quatre étoiles, conférence au siège de l'Organisation des Nations Unies… Elles ne se refusent rien ! Le tout sponsorisé par de grandes entreprises du Nasdaq. Elles font du bon boulot, mais je me demande comment les copines de Jussieu vont prendre cette publicité tapageuse.

- Gagner de l'argent, c'est salissant. Tes copines préfèrent taxer le contribuable.

- Bertrand, je suis d'accord avec toi. Mais il ne faudrait pas que notre séminaire devienne une foire commerciale ! Tes américaines sont vraiment très entreprenantes...

- Qu'est-ce que tu veux dire ? Elles n'y sont pour rien. C'est moi qui me suis jeté dans leurs bras, tu le sais bien…

- Oui, je comprends. La situation n'était pas facile. « Loin des yeux, loin du cœur ! » Moi aussi, tu sais, j'ai eu ma petite romance.

- Ce qui n'enlève rien à mes torts. Mais au fait, je me demandais : Comment es-tu restée une semaine chez cette crétoise alors qu'elle couchait avec ton amoureux ?

- D'abord, je ne suis restée que quatre jours, et puis ce n'était pas mon amoureux. J'avoue être tombée sous le charme d'Aaron au début, mais l'aventure resta sans lendemain.

- Ah bon ! Alors, ce n'était pas vraiment une romance…

- Si. J'ai vécu une passion amoureuse à Psyro. Mais avec un autre homme.

- Mince alors ! Je n'y comprends vraiment rien…

- Comme tu dis ! A Kerios, j'ai rencontré un espagnol. Aaron ne t'en a rien dit ? Un prince charmant qui vit dans un château. Le parfait rêve de midinette. J'étais sur un petit nuage. Aaron m'avait laissée tomber alors que j'avais parfaitement rempli mon contrat.

- Mouais… Donc, tu es tombée amoureuse d'un autre type.

- Absolument… Mais d'un amour impossible…

- C'est comme moi avec Ruby, si je comprends bien.

- Avec Ruby ? C'est donc bien pour elle que tu en pinces ?

- Oui, en fait…

- Hé bien ! On comprend mieux les choses quand on vous explique. Je croyais qu'elle était lesbienne ?

- Elle l'est. Mais on a quand même couché ensemble. J'en étais dingue !

- Ah, bravo !

- Je courais après Ruby alors que Faith aspirait à une relation sérieuse.

- Hum ! Je comprends que tu sois un peu perturbé, mon chéri. Et qu'est-ce que tu comptes faire maintenant ?

- J'abandonne la partie, si tu veux bien.

- Si je veux ! Parce que moi, j'ai peut-être envie de revoir mon Julio.

- Je serai mal placé pour t'en empêcher.

Stépanie change de sujet :

- C'est surement une bêtise de quitter cette maison après tout le mal qu'on s'est donné. Mais là, franchement, je crois qu'on a besoin de prendre l'air !

- On n'était pas encore mûrs pour la retraite…

- Kilian s'est envolé si vite. J'espérais qu'on reparte du bon pied.

- Notre vie était construite autour de lui et tout s'est écroulé quand il est parti. J'étais vexé qu'il retourne chez son père et je t'en voulais d'accepter que ton ancien mari le reprenne. Même si nous n'avions pas d'autre choix.

- Ce n'est pas de notre faute. Il n'était pas doué pour les études.

- Si on avait insisté…

Stéphanie revient au sujet qui la préoccupe :

- Tu nous vois dans cette maison, à Versailles ?

- Pas vraiment. D'ailleurs, je ne suis pas obligé de t'accompagner. Bien sûr, il y a ce boulot que m'a trouvé Guillaume… Enfin, pour toi, c'est important, cette mutation. Alors, je n'ai pas le choix !

- Merci, Bertrand.

En septembre, Stéphanie achète une belle auto et des fringues pour prendre ses fonctions. Sa commission grecque lui a donné des ailes et l'envie d'élégance. Fini le laisser-aller baba-cool de Montpellier. Elle passe ses journées au boulot et ne rentre à la maison que pour se mettre au lit. Cela, aussi, doit faire partie des mœurs parisiennes…

Bertrand prépare sans conviction sa mission d'étude sur les systèmes de ventilation nucléaire pour un cabinet d'ingénierie au vingtième étage d'une tour de la Défense. A temps perdu, il met en place les meubles et range leurs affaires dans la nouvelle maison. Comme son contrat se fait attendre, il travaille de moins en moins et traine bientôt l'après-midi dans la capitale. Un coup de RER jusqu'à Saint

Michel et il sillonne le quartier latin. Rue de la Harpe, il s'attarde devant les rayons de la librairie Gibert à la recherche de quelque ouvrage scientifique et feuillette les guides touristiques. Il fait une pose devant l'hôtel d'Albe, où Faith et Ruby avaient séjourné avant de se rendre à Barcelone. Elles le trouvaient tellement « mignon ! » Le carrefour de La Huchette devient le point de départ de ses randonnées pédestres. Il fait des kilomètres à pied avec chaque jour un nouveau cap :

Le sud-est moyenâgeux : Notre Dame, l'île Saint Louis, le jardin des Plantes. La rue de la Montagne Sainte Geneviève, les arènes de Lutèce, la rue Mouffetard. Et au-delà, le triangle asiatique de Choisy.

Le sud-ouest bonapartiste : Le jardin du Luxembourg, Saint Germain des Prés, le musée d'Orsay, l'Assemblée Nationale, les Invalides, le Champ de Mars. La rue de Sèvres et le quartier Montparnasse.

Le nord-ouest monarchique et troisième république : La Sainte Chapelle, le Louvre, le jardin des tuileries. Les Champs Elysées, le parc Monceau. Les Halles, Opéra, les grands boulevards, les gares. Jusqu'à Pigalle et Montmartre.

Le nord-est révolutionnaire : Hôtel de Ville, Beaubourg, République, le Marais, le faubourg Saint Antoine, Bastille, Barbès, les Buttes Chaumont, la Villette. Et le Père Lachaise avec Kilian à la clé.

La spirale kaléidoscopique des arrondissements fait de Paris une ville bien ordonnée qui affirme sa puissance administrative et commerciale. Bertrand rêve de la conquérir. De trouver sa place parmi la faune des Halles et du Marais. Il s'attarde en fin d'après-midi dans les pubs irlandais et finit bientôt ses soirées dans les clubs de jazz.

Des dandys s'y déhanchent autour de leurs gourous endiablés, des musiciens noirs américains. Bertrand connait l'argot de Harlem, c'est un net avantage sur ses compatriotes. Un soir, à la fin du premier set, deux fausses blondes cajolent le batteur junkie accoudé au bar. Elles le trouvent chou et se régalent des horreurs qu'il leur susurre. Bertrand l'interpelle à la bonne franquette et le gars se retourne pour lui taper dans la main.

- Jackson, Tennessee !

- Berty de Versailles ! Salut, mecton. Qu'est-ce que tu glandes comme un damné de la terre dans cette putain de galère ?

Un attroupement se forme bientôt autour d'eux. On finit la soirée rue de Seine chez les deux blondes à s'enfiler des lignes et des whiskies-coca. Les jours suivants, Bertrand retrouve régulièrement cette bande de joyeux drilles à leur QG, derrière les vitres fumées d'une terrasse de café, carrefour de Buci.

Tous les weekends, Kilian « prend le vert » à Versailles. On ne lui a rien demandé mais il tient à respecter cette « garde alternée. » Il s'enferme dans sa petite chambre et remplit les cendriers en jouant sur sa console. Il n'a pas de petite amie et son père, qui « rencontre » de temps en temps de vieilles copines, ne l'encourage guère dans cette voie. Le couple de Stéphanie et Bertrand reste pour lui un modèle. Stéphanie se hasarde parfois sur le sujet :

- Lance-toi, mon petit Kilian, maintenant que tu gagnes ta vie. Trouve une fille et fonde un foyer.

Quand il débarque le samedi matin dans la maison endormie, Kilian vide la boite aux lettres. Personne ne s'en charge en semaine. Et au petit déjeuner, il assure la distribution du courrier.

Une carte d'Aaron, affranchie par la reine d'Angleterre, apporte de mauvaises nouvelles. Le cancer du sein de Yohanna reprend et ils restent à Londres pour une durée indéterminée. Une grande enveloppe parme provient d'Espagne. Julio invite Stéphanie à son anniversaire. Un anniversaire célébré en grande pompe. Trois petits mots à propos de la vente des tableaux. Bertrand ouvre un paquet rempli de coupures de presse vantant les succès du Lisa Chudlovsky Council. Kilian s'émeut de leur peu d'enthousiasme à partager ces nouvelles :

- Si je comprends bien, vous êtes là à me faire la morale, mais entre vous deux, c'est du chacun pour soi.

Bertrand attaque vraiment son boulot et ça ne se passe pas trop mal. Il maintient pourtant ses soirées en solo, des voix féminines le demandent au téléphone et Stéphanie fait mine de rien. De semaine en semaine, Kilian constate les signes avant-coureurs de la rupture. Ses visites se raréfient. L'atmosphère devient irrespirable. Stéphanie décide de prendre de la distance. Ses amis l'invitent de bon cœur à Londres. Mais il faut coordonner les impératifs du Laboratoire de Mathématiques et les séances de chimiothérapie de Yohanna. Cela demande plusieurs semaines. Dès qu'une fenêtre s'ouvre, Aaron oppose un empêchement de dernière minute. Au Royaume Uni, les consultations médicales sont reportées sine die, et cætera. Aaron est un peu cassant, Stéphanie se demande s'il a vraiment envie qu'elle vienne. Finalement, une date s'impose. Stéphanie devra manquer une réunion de travail et ça tombe juste au moment de l'anniversaire de Julio. C'est d'ailleurs ce qui la décide à accepter, trouvant là une bonne raison de décliner l'invitation.

L'humeur de Bertrand est de plus en plus instable. Il boit tous les soirs et passe de façon imprévisible d'une indifférence crasse à un surinvestissement pathétique dans les projets de Stéphanie. La dernière semaine avant le départ, il se montre si attentionné qu'il en devient touchant, comme s'il réalisait tout à coup qu'il est en train de la perdre.

16 – Récoltes et semailles

Stéphanie a retrouvé pendant le déménagement la petite valise rouge qu'elle trainait sur les quais de la gare Montparnasse le jour où elle a rencontré Bertrand. Elle revenait de Tours et avait pris la décision de quitter Rodolphe. Aujourd'hui, c'est de Bertrand qu'elle pense se débarrasser. En attendant l'embarquement pour Londres, elle fait le point sur ses premiers pas au Laboratoire.

Ses collègues sont charmants, ils s'intéressent à son parcours, rivalisent de petites piques à propos du climat de Montpellier et l'interrogent sur l'Institut de Modélisation Statistique qu'elle dirigeait. Les conversations sont intéressantes et l'emmènent parfois loin de son domaine d'application. La recherche est une pratique créative qui demande d'affiner son sujet autant que de savoir prendre du recul. Il faut continuellement zoomer et dé-zoomer du particulier au général. Les sciences ont pour but de comprendre le monde réel et elles partagent toutes l'outil mathématique. Pourtant, ce langage explore les seules notions de nombre et de forme. Il décrit les propriétés et les transformations de ces concepts de manière souvent déroutante.

Les mathématiciens manipulent ces objets génériques et les observent sous tous les angles depuis la nuit des temps. Mais certains chercheurs prennent à rebours ces concepts et s'interrogent sur leur origine épistémologique. Ils inventent des catégories premières qui expliqueraient, en quelque sorte, la naissance des chiffres et des figures géométriques. Ils esquissent les cosmogonies primitives qui les auraient engendrées et dont elles ne seraient que de simples expressions, les seules explorées à ce jour parmi tant d'autres possibles.

Ses collègues font rapidement de Stéphanie la porte-parole d'Alexandre Grothendieck, un personnage singulier qui marqua les esprits dans les années quatre-vingt à la faculté des sciences de Montpellier. Ayant refusé des récompenses prestigieuses, il se retira comme un ours dans les Pyrénées et laissa dans les cartons une œuvre inexplorée qu'il est peut-être le seul à pouvoir déchiffrer… Stéphanie se plonge dans les objets mathématiques farfelus qu'il a inventés, et qu'utilisent aujourd'hui sans le savoir les physiciens traquant le boson de Higgs. Il y a quelque chose de fascinant dans ses théories métaphysiques du Topos, dans sa découverte des Motifs, dans sa Cohomologie Cristalline. Il les ramène à lui de manière surprenante avec l'innocence d'un enfant :

« Je me rappelle encore du plaisir et de l'émerveillement, dans ce jeu avec des foncteurs fibres, et avec les torseurs sous les groupes de Galois qui font passer des uns aux autres en "twistant", de retrouver dans une situation particulièrement concrète et fascinante tout l'arsenal des notions de cohomologie non commutative, avec la gerbe des foncteurs-fibres, avec le "lien" qui lie cette gerbe, et les avatars de ce lien, se réalisant par des groupes ou pro-groupes algébriques divers, correspondant aux différentes "sections" de la gerbe, c'est à dire aux divers foncteurs cohomologiques. »

Il raconte dans un ouvrage quasi autobiographique de cinq mille pages son parcours d'inventeur et établit constamment des passerelles, des co-homologies étales, entre son travail et sa vie intime :

« Sans doute ai-je rêvé, quand il me semblait me souvenir d'années de gestation d'une vision, ténue et élusive d'abord, et s'enrichissant et se précisant au cours des mois et des années, dans un effort obstiné pour essayer de saisir le "motif" commun, la quintessence commune, dont les nombreuses théories cohomologiques connues alors étaient autant d'incarnations différentes, nous parlant chacune dans son propre langage sur la nature du "motif" dont elle était l'une des manifestations directement tangibles. »

Il propose une éthique, une déontologie, aux explorateurs de l'univers qui tenteraient de le suivre.

« Mon principal guide dans mon travail a été la recherche constante d'une cohérence parfaite, d'une harmonie complète que je devinais derrière la surface turbulente des choses, et que je m'efforçais de dégager patiemment, sans jamais m'en lasser. C'était un sens aigu de la "beauté", sûrement, qui était mon flair et ma seule boussole. Ma plus grande joie a été, moins de la contempler quand elle était apparue en pleine lumière, que de la voir se dégager peu à peu du manteau d'ombre et de brumes où il lui plaisait de se dérober sans cesse. »

Il prévient des difficultés perceptives, du risque de s'égarer dans un monde inconnu, voire du danger de sombrer dans la folie.

« Certes, je n'avais de cesse que quand j'étais parvenu à l'amener jusqu'à la plus claire lumière du jour. J'ai connu alors, parfois, la plénitude de la contemplation, quand tous les sons audibles concourent à une même et vaste harmonie. Mais plus souvent encore, ce qui était amené au grand jour devenait aussitôt motivation et moyen d'une nouvelle plongée dans les brumes, à la poursuite d'une nouvelle incarnation de Celle qui restait à jamais mystérieuse, inconnue m'appelant sans cesse, pour La connaître encore... »

Stéphanie se laisse griser par ce lyrisme. Prise dans une transe hypnotique, elle s'interroge aussi innocemment qu'Alexandre sur les « motifs » qui président à son destin quand elle débarque à l'aéroport d'Heathrow le 3 décembre. Son taxi est englué dans les embouteillages des rocades qui enserrent la mégapole en cercles concentriques. Assise sur la banquette arrière, elle sort soudain de sa méditation, prise de panique en constatant que le siège du conducteur est vide.

- Je-suis-argh…rivée en Angle-terre ! C'est normal, Argh… le volant est à droite…

Les Riley louent dans Marble Arch, près de Hyde Park, un trois pièces au premier étage d'une de ces maisons de ville desservies par une passerelle franchissant une cour anglaise qui éclaire le sous sol habité généralement par les propriétaires. Aaron accueille Stéphanie avec sa faconde habituelle. Yohanna est sortie faire quelques courses.

- Elle va bien ! Elle est passée par de mauvais caps sur une mer démontée, mais elle reprend de la voilure. L'air de Londres nous a redonné « la patate. » Merci de répondre à notre invitation, ma chère Stéphanie. Nous sommes heureux de rester vos amis après toutes les épreuves que nous vous avons fait subir avec Bertrand. Déconcerter notre entourage est notre marotte, et ton séjour n'échappera pas à la règle. Nous avons préparé quelques surprises que j'espère tu apprécieras.

Yohanna apparait, fraiche et pimpante, comme Stéphanie ne l'avait encore jamais vue : Une vraie londonienne. Ils projettent de faire les boutiques et les circuits touristiques incontournables. Aaron annonce la première surprise : Rena est invitée à diner.

- Elle est à Londres en ce moment et ne veut pas te manquer, Stéphanie. Il faut qu'elle te parle de la vente des tableaux de la comtesse Urtado de Menzota, bien sûr !

Yohanna glousse :

- Rena était ma meilleure amie pendant nos années grecques. Moi, passionnée de textes anciens et elle d'art antique : Nous étions comme deux sœurs. Je suis très heureuse que tu lui aies confié ces toiles si riches d'histoire. Ce domaine lui convient bien mieux que la peinture contemporaine. Il faut que nous t'expliquions tout de suite ce que nous avons organisé, ma petite Stéphanie, parce que nous serons amenés à en parler avec elle.

Stéphanie s'assied sur le banc de la cuisine. Yohanna lui annonce la deuxième surprise :

- Il s'agit de Julio, bien entendu. C'est un peu délicat et nous nous mêlons de ce qui ne nous regarde pas. Il éprouve une réelle amitié pour toi et n'a pas insisté pour que tu viennes à son anniversaire. Il y a pour cela une bonne raison : Il doit annoncer ses fiançailles avec une jeune femme de la noblesse française à cette occasion. J'espère que tu n'es pas trop déçue…

- Mais voyons, pas du tout ! Je suis heureuse pour lui, au contraire. Et soulagée. Notre aventure était sans lendemain et j'étais gênée que nous n'ayons pas pu nous en expliquer. Il aurait dû me faire part de ses projets, tout de même. Je ne pouvais pas répondre à son invitation sans savoir ce qu'il avait en tête.

- Nous voilà rassurés. Julio est un garçon timide. Son éducation ne lui a pas appris à résoudre ce genre d'équation à plusieurs inconnues, comme tu dirais. Rena l'a revu plusieurs fois et quand elle a appris que tu venais à Londres, elle a sauté sur l'occasion pour clarifier les choses et te mettre dans le bain.

- Mais qu'attend-elle de moi ?

- Voilà : Elle profite de la réception de Julio pour mettre les tableaux sur le marché. Ils seront exposés dans les salons du palais devant une bonne partie de la noblesse madrilène. Des marchands et des journalistes mondains sont également conviés à cet évènement.

- C'est une excellente idée.

- Certaines toiles sont déjà réservées en option, mais il fallait leur rendre un dernier hommage avant de les disperser. Et Rena tient absolument à ce que tu présentes toi-même la collection, puisque tu en es l'inventeur, en quelque sorte.

- Comment ça, que je la présente ? Mais c'est un véritable guet-apens, votre histoire ! Si je comprends bien, vous m'avez fait venir cette semaine…

- Tu as parfaitement compris. Nous t'emmenons à Madrid après-demain. Nous avons tous des comptes à régler avec Julio pour diverses raisons, n'est-ce pas ?

- Oui, je dois avouer. Mais quel besoin avez-vous de toujours manipuler les gens comme ça ?

Yohanna est confuse. Aaron argumente :

- Notre fichu esprit britannique… Tu ne peux pas savoir à quel point cette rencontre a été difficile à organiser ! Tu étais tellement préoccupée par ton déménagement, ton nouveau poste à Versailles, ta brouille avec Bertrand.

- Ah, Bertrand...

- Nous aimerions tellement que vous repartiez du bon pied.

- Là, c'est une autre paire de manches. Il pédale complètement dans la semoule ! En tout cas, si je peux vous demander une faveur, c'est de ne pas vous en mêler !

Un ange passe.

Rena est ravie de retrouver son élève, Elle est dans ses petits souliers jusqu'à ce qu'Aaron lui apprenne que l'affaire est réglé. Comment Stéphanie pourrait-elle refuser, maintenant que la machine est lancée ? Elle n'a plus qu'à se trouver une robe de soirée dans les magasins de Regent Street.

Ils atterrissent à Madrid tard dans la soirée. Aaron les épuise le lendemain dans un parcours touristique ennuyeux. Le temps est maussade. Elles trouvent la ville glaciale, impersonnelle. Pas une maison pittoresque dans le vieux centre, des avenues monotones, des bâtiments publics austères, pas de rivière, pas une église intéressante, même pas la cathédrale ! La mauvaise humeur accentue leurs faiblesses de caractères : Rena s'énerve et dénigre, Yohanna a mal aux pieds et maudit ce calvaire de mauvais augure, Stéphanie se mure dans l'indifférence. Du coup Aaron se vexe et fustige leur mauvaise foi. La soirée s'annonce mal. De retour à la chambre dans l'après-midi, Yohanna raconte ses malheurs à Rena pendant qu'Aaron accable Stéphanie de ses formules toutes faites :

- L'Espagne est un plateau aride au climat rigoureux, brulant l'été et glacial l'hiver. Le caractère espagnol, résistant et austère, s'est forgé dans ce milieu hostile. Madrid n'est ni un lieu de villégiature, ni un centre commercial. C'est un camp militaire et une capitale administrative.

- C'est vrai que la lignée des Menzota ne plaisante pas. Ils font sur les tableaux des tronches à vous faire froid dans le dos…

Les festivités commencent à dix-neuf heures. Réna s'est rendue plus tôt au palais ducal pour régler les derniers détails. Stéphanie la rejoint en taxi avec les Riley. Ils sont accueillis dans le hall par le commissaire de l'exposition. Rena accourt et les présente à quelques dignitaires locaux. Ils arpentent avec elle les trois salons. La galerie de portraits est bien mise en valeur dans ce décor baroque. Dès qu'il est informé de leur arrivée, Julio vient les saluer. Il livre au public quelques anecdotes sur ses aïeuls et disparait avec Stéphanie par une porte dérobée.

- C'est merveilleux que tu sois là, ma chère Stéphanie. Sans toi, cette petite fête n'aurait jamais eu lieu. Rena est douée pour le commerce mais ce n'est pas du goût de tout le monde ! Certains membres de la famille nous reproche de nous débarrasser de nos ancêtres mais en tout cas, nous ne le faisons pas à la sauvette. Je suis très heureux que tu voies le résultat de nos efforts. Parce que nous te devons ce double succès. Les moments inoubliables que nous avons passés ensemble m'ont fait réfléchir. C'est en te quittant que j'ai décidé de me marier. Et te rends-tu compte ? Avec une princesse française ! D'ailleurs, ma belle famille a retenu plusieurs toiles. Ma mère est ravie ! Comme disent nos braves paysans : après les semailles, la récolte. J'espère qu'il en sera de même pour toi…

Il pilote Stéphanie à travers les couloirs du palais, la présente à quelques oncles et tantes et à sa sœur Esther. Madame Mère sort enfin de son cabinet de toilette, toute pomponnée.

- Stéphanie, mon enfant, quel bonheur de vous revoir dans ces circonstances ! Mon Dieu, quelle horreur ! Je dois faire bonne figure devant tous ces gens. Voulez-vous m'accompagner ?

Stéphanie lit le discours que Rena lui a préparé. Les flashs crépitent. La comtesse Urtado de Menzota salue encore quelques personnalités conviées uniquement au vernissage. Puis elle rassemble ses invités pour la soirée familiale. Le tri est supervisé par un majordome en habit qui reconduit vers la sortie les derniers curieux à vingt et une heures. On ouvre la salle à manger et dresse des tables supplémentaires dans le grand salon. L'orchestre s'accorde. La fiancée de Julio apparait au milieu d'un groupe de jeunes gens excités. Julio la présente à Stéphanie avec exubérance. Stéphanie est placée parmi les convives de la table principale. Elle fait de grands signes aux anglais qui occupent une petite table ronde. Elle se retrouve entre deux jeunes cousins de la belle famille qui ne parlent pas un mot d'espagnol. Ils l'accueillent avec joie en français. Julio leur a vanté ses talents scientifiques. Charles Henri et Paul Emmanuel s'enthousiasment d'une planète fantôme découverte grâce à l'informatique. Stéphanie, prise entre deux feux, leur fait des sourires aimables.

Entre le poisson et la volaille, elle rejoint ses amis. Aaron la voit venir et agite les bras de manière grotesque pour lui présenter ses convives, mais Stéphanie fixe le dos d'un personnage en smoking. Yohanna, déjà passablement éméchée, s'affole et se lève maladroitement, les orteils tordus dans ses escarpins. Elle bafouille :

- Britanniques nous sommes, ma chérie. Encore, nous avons eu cette idée folle. Nous rêvions d'un bal masqué où tu rencontrerais l'homme de ta vie. Ne sois pas en colère, il n'y est pour rien. Le pauvre aimerait certainement mieux rentrer six pieds sous terre…

Bertrand se tourne vers Stéphanie et la regarde d'un air coupable :

- Stéphanie, je n'ai pas pu résister… C'est tellement idiot !

Stéphanie rit jaune. Bertrand bondit et l'embrasse. Elle réagit mollement.

- Bon. Je retourne à ma place. Nous nous verrons tout à l'heure.

Stéphanie est furieuse de ce mauvais tour. Les Riley avaient pourtant promis de ne pas s'en mêler. Les jeunes nobliaux voient son trouble et brûlent d'envie de l'interroger, mais ils se contentent de la relancer poliment sur les progrès de l'astronomie. Agacée, elle s'emballe sans réfléchir :

- L'ordinateur fait ce qu'on lui demande. Certes, il permet de faire des découvertes. Il a calculé de plus grands nombres premiers. Mais quand on pousse le raisonnement jusqu'à l'absurde, il déclare forfait. Seul un être humain peut créer de nouveaux concepts et dépasser nos certitudes. Les robots ne remplaceront jamais les chercheurs. Demandez à un ordinateur de prévoir le comportement humain. La modélisation statistique ne reproduit que des séquences acquises. Elle n'inventera jamais autre chose. J'ai salué tout à l'heure mon compagnon. Nous sommes sur le point de nous séparer. Il a voulu me surprendre ici dans l'espoir de me reconquérir. Aucun ordinateur ne lui aurait fait une telle suggestion. Allez savoir si ça pouvait marcher ?

- Mais oui, mademoiselle Stéphanie ! Absolument ! Pardonnez-nous nos péchés comme nous pardonnons à ceux qui nous ont offensés. Louez sa bonne volonté et rendez lui grâce … Le voilà qui vient vers nous. Sa foi déplacerait les montagnes ! Lui refuserez-vous cette danse ?

Car Julio ouvre le bal avec sa fiancée. Et il entraine Stéphanie et Bertrand sur la piste. Ils ne sont pourtant pas censés se connaitre mais tout le monde a l'air d'approuver la démarche. Que faire ? Stéphanie est obligée de jouer le jeu, de se fendre d'un grand sourire et d'accepter la main tendue de Bertrand... Leurs amis dansent bientôt autour d'eux. Julio et sa grande gigue de duchesse aux petits yeux de myope, long nez, visage ingrat, maladroite dans ses ballerines à talons plats. Aaron, rougeaud débonnaire, la cravate de travers, un pan de chemise sorti du pantalon, fait tourner la pauvre Yohanna chancelante, les chevilles enflées, le visage fatigué sous un maquillage outrancier. Et Rena, toujours impeccable dans un tailleur pantalon cyclamen, le sourire étincelant de ses fausses dents au bras d'un vieil aristocrate. Tous ces gens qui lui veulent du bien. Bien malgré elle…

Le lendemain, Stéphanie rend visite à sa copine Pénélope. En trois jours, elle aura au moins fait quelque chose de sa propre volonté ! Au dernier moment, elle demande à Bertrand de l'accompagner. S'il veut faire un pas vers elle, autant qu'il annule sa réservation et prenne l'avion suivant en sa compagnie. Rena avait prévu de partager une queue de taureau à la Casa Ciriaco, une auberge espagnole typique, mais Stéphanie décline cette mondanité cosmopolite. Elle prétexte, justement, de prendre le taureau par les cornes avec Bertrand. Pénélope réside dans un luxueux appartement du quartier de la Salamanca. Celui qu'elle a obtenu de son divorce et qui a dû perdre la moitié de sa valeur depuis l'éclatement de la bulle immobilière. Pénélope est toute surprise :

- Bertrand ici ? Mais tu ne m'as pas prévenue que vous veniez tous les deux !

- En fait, je ne le savais pas encore moi-même.

Au ton de Stéphanie, elle comprend la tension du couple. Penelope adore les conflits conjugaux et met tout de suite les pieds dans le plat au risque de se fâcher encore avec sa meilleure amie :

- C'est tendance, à Madrid. Après quarante ans d'inhibition franquiste, les gens se disent leurs quatre vérités. Alors, Bertrand, tu as bien aimé les Etats Unis ?

Bertrand sait la complicité qui liait les deux femmes avant qu'il ne rencontre Stéphanie : Penelope avait obtenu une bourse de fin d'études en France. L'étrangère et la provinciale s'étaient tout de suite reconnues sur les bancs de l'université parisienne. Pénélope fuyait déjà un mariage raté et Stéphanie portait à bout de bras un gamin dont le père ne s'occupait guère, pas plus qu'il ne s'intéressait à sa carrière universitaire. Pénélope n'a jamais rencontré Rodolphe. Les deux femmes avaient scellé un pacte de non-ingérence dans leurs vies conjugales respectives, à l'exception du jeune Kilian que la madrilène gardait volontiers. Elles sortaient toutes les deux en binôme, d'autant que Rodolphe faisait la java de son côté. Stéphanie se permettait ainsi des libertés nouvelles, étant passée directement de la tutelle de ses parents à celle de son mari. Un soir, elle demanda à Pénélope d'héberger un voyageur rencontré sur le quai de la gare et tout se passa très vite. Stéphanie disparut avec Bertrand sans aucun égard pour sa meilleure amie.

Donc, d'une certaine manière, Penelope prenait maintenant sa revanche. Mais patatras, ce trouble-fête est encore là. Elle pousse le couple dans ses derniers retranchements. Chacun finit par vider son sac devant elle, expose ses bonnes et ses mauvaises raisons.

Bertrand dévoile son principe du plaisir, ses frénésies masturbatoires, explique le contexte qui aiguisa son désir auprès des deux américaines, théorise l'instinct dominateur du mâle, souvent attisé par les femmes jusqu'à des guerres sanglantes. Avec quelle perversité Ruby savait en jouer !

Stéphanie sollicite simplement écoute et bienveillance de la part de son partenaire. Elle met en avant l'affection, l'attention, le respect, le dialogue, la reconnaissance. Elle revendique une sensualité discrète qui mette en appétit ses pulsions érotiques. Il suffit qu'on la surprenne par de petites attentions pour entretenir la flamme des sentiments.

Pénélope les questionne encore sur leur travail et leur quotidien domestique. Elle valorise les potentialités de chacun et les convainc d'adoucir certaines postures rigides de leur couple. Elle mesure les efforts à fournir par chacun pour trouver l'équilibre. Elle emploie un vocabulaire sportif pour décrire leurs démêlées : Service Dame Faith pour Bertrand, smash Lord Aaron pour Stéphanie, balle de match Ruby, tie-break Julio. La finale se jouera à Versailles.

Ces éléments de langage permettent-ils aux deux sexes de mieux se comprendre ? La mise à nu des sentiments favorise-t-elle le rapprochement des êtres ? Car bien souvent, dans un couple, plus on vit ensemble et plus le mystère s'épaissit. Un amoncellement de certitudes masque souvent un certain désarroi. Penelope et ses prédicateurs boursiers ont fait les frais de ces prétentions scientifiques avec la crise des subprimes. Et depuis, la madrilène accorde moins de crédit à la psychanalyse... Son remariage avec un promoteur immobilier plongé dans des affaires de corruption et le parcours erratique de leur fils dans des pensions religieuses en témoignent. A quoi bon percer le secret de fragiles alchimies si l'on désire vraiment rester ensemble ?

Penelope remplit les flutes à champagne et Stéphanie, toute guillerette, fredonne sur l'air des « Marches du Palais » la complainte d'Alexandre Grothendieck :

« Oui, la rivière est profonde,
Vastes et paisibles sont les eaux de mon enfance.
Je vois pourtant des troupeaux innombrables
De chevaux assoiffés qui errent dans la plaine.
Elles viennent des glaciers,
Ardentes comme les neiges éternelles,
Et elles prennent en bas la douceur de la glaise.
Dans le mitant du lit, la rivière est profonde,
Il suffirait qu'un gamin innocent les emmène,
Tous les chevaux du roi y pourraient boire ensemble. »

17 – Ça s'en va et ça revient

Finis les grands espaces et l'aventure ! Stéphanie et Bertrand ont repris leur train-train de banlieusards. Un peu plus conciliants et communicatifs, plus sages et plus soudés que le jour de leurs retrouvailles, une fois rangées leurs expériences exogènes dans les placards. Dès lors, rien de décisif ne les pousse à se séparer, ni même à se poser encore la question. Ils s'accordent un temps de réflexion hivernal, une hibernation pendant laquelle ils réchauffent douillettement leurs cœurs au thermostat d'un bon chauffage central.

Bertrand prétend avoir renoué à Montréal avec l'envolée lyrique de ses dix-huit ans, quand il envisageait une carrière d'astronome. En effet, l'astrophysique et la physique nucléaire de ses études d'ingénieur l'avaient amené à des travaux plus prosaïques que son aspiration première à comprendre la mécanique céleste de l'univers. Le décalage culturel américain, l'ambition du Council de valoriser les grands esprits, l'initiation chamanique de Dolores avaient remis en alerte les électrons libres de ses chakras adolescents. Stéphanie ne souhaite pas spécialement le voir encore évoquer le marécage fétide des sorcières de Salem, mais elle pose tout de même une dernière question, histoire d'en avoir le cœur net :

- Qui est-ce, cette Dolores ?

- Dolores est une droguée adepte des médecines douces, passionnée de récits ésotériques comme l'Herbe du Diable et la Petite Fumée de Carlos Castaneda. Elle a vaincu son addiction à l'héroïne grâce à des substances hallucinogènes fournies par un cartel mexicain à une tribu indienne établie dans le désert de Sonora en Arizona. C'est son beau-père, un vieil hippie alcoolique, qui servait d'intermédiaire. D'après Faith, on a retrouvé son corps mutilé, jeté d'une camionnette sur la route de Tijuana, peu après qu'il leur ait confié sa fille, mais Dolores prétend qu'il est toujours vivant et communique avec lui. Pendant ses séances de spiritisme, elle nous faisait voyager dans notre corps astral. Faith descendait des rivières à truites fluorescentes et moi, je planais carrément dans la stratosphère !

Bertrand a rapporté de Boston et des librairies du quartier latin des ouvrages pseudo-scientifiques sur les super novas et les étoiles rouges qui auraient permis de créer l'univers à partir de l'atome originel d'hydrogène. Maitriserons-nous un jour la fusion nucléaire, cette relation sexuelle entre neutrons et protons qui a donné naissance à la matière ? Ce domaine de recherche ouvre à Bertrand des perspectives plus prometteuses que ses errements libidineux et sa dernière dégringolade dans les abîmes de l'alcool et de la drogue. Stéphanie l'encourage sur cette voie. Tous les soirs, ils pique-niquent sur le canapé jaune, devisent en sciences fondamentales et retrouvent la communion intellectuelle de leurs premiers ébats.

A neuf heures du soir, le radioréveil de la cuisine se déclenche sans prévenir et crachote la chanson de Claude François :

« La pendule de l'entrée
S'est arrêtée sur midi
A ce moment très précis
Où tu m'as dit: " Je vais partir "
Et puis tu es partie
J'ai cherché le repos
J'ai vécu comme un robot
Mais aucune autre n'est venue
Remonter ma vie
Là où tu vas
Tu entendras j'en suis sûr
Dans d'autres voix qui rassurent
Mes mots d'amour
Tu te prendras
Au jeu des passions qu'on jure
Mais tu verras d'aventure
Le grand amour

Ça s'en va et ça revient
C'est fait de tous petits riens
Ça se chante et ça se danse
Et ça revient, ça se retient
Comme une chanson populaire
L'amour c'est comme un refrain
Ça vous glisse entre les mains
Ça se chante et ça se danse
Et ça revient, ça se retient
Comme une chanson populaire »

Le rêve d'Amérique et les châteaux en Espagne s'évanouissent dans les brumes des Yvelines. Le Royaume d'Eigendom se reconstruit dans leurs têtes, la cocote minute siffle, les versaillais ont remis en marche la mécanique de leur foyer.

C'est l'anniversaire de Stéphanie. Kilian profite de l'occasion pour leur présenter sa petite amie. Stéphanie et Bertrand s'y préparent comme au retour de l'enfant prodigue : Ils ont élevé ce garçon dépositaire de leur amour et ne peuvent pas le décevoir. La transmission de leur flamme vaut bien tout l'or du monde : Sonnez trompettes, résonnez tambours, Kilian et Laura vivent le grand amour !

Le jeune orfèvre a gravé des signes cabalistiques sur deux bagues originales de 22 carats, une pour sa fiancée et une pour sa mère. Le métal jaune brille de tous ses feux sur la peau brune des deux femmes. Kilian déplie son œilleton et chacun peut admirer la finesse du trait. Les volutes des symboles s'enroulent sur les galbes du métal. Bertrand demande, perplexe :

- Mais que signifient ces formules ?

- D'après Maman, c'est l'expression de l'amour en mathématique.

Bertrand saisit la main de Stéphanie et fronce le sourcil sur le bijou.

- Et vous, Bertrand, que déchiffrez-vous ?

Laura prononce son prénom de façon charmante. Bertrand savoure les intonations de sa belle fille et répond avec emphase :

- Kilian vous a peut être dit mon goût pour l'astrophysique. C'est l'étude de phénomènes gigantesques qui ont créé la matière aux confins de l'univers, il y a treize milliards d'années. Je vois ici la fusion nucléaire du deutérium (Bertrand) et du tritium (Stéphanie), deux isotopes lourds de l'hydrogène, qui donnent naissance dans les étoiles à un noyau d'hélium (Kilian et Laura) en éjectant le neutron du père (Rodolphe !)…

Il tend les bras vers Stéphanie pour l'embrasser. Elle résiste et proteste :

- Qu'est-ce que tu nous sors encore comme connerie, mon pauvre Bertrand !

Il étouffe un rire moqueur. Laura ne se démonte pas. Elle ouvre ses grands yeux de biche :

- Vous ne croyez pas si bien dire, Bertrand. J'aimerais que Kilian prenne ses distances avec son père. Leur complicité de vieux garçons me met trop mal à l'aise !

- C'est la deuxième chose que je voulais vous annoncer : Je quitte la rue Saint Blaise pour un atelier de joaillers du Marais.

- Kilian prend son envol !

Stéphanie serre son fils dans les bras et invite Bertrand à les rejoindre. Elle est heureuse de partager sa joie. Bertrand l'enlace langoureusement devant les tourtereaux. Puisque la satisfaction sexuelle est le mètre étalon de Bertrand, Stéphanie décide à cet instant de reprendre leurs relations amoureuses. Elle revoit son père, revenant à la maison pour les fiançailles de sa sœur Ingrid, embrasser madame Legendre sur la bouche en étalant son rouge à lèvres. Sa mère accepta le retour du père sans la moindre résistance. Ce traitre improvisa un discours sur la fidélité du couple et, l'œil humide, leva sa coupe de champagne devant les copines d'Ingrid alors que la veille, il troussait encore une gamine de leur âge !

Stéphanie installe les enfants dans leur chambre et rejoint Bertrand au salon. Elle se rapproche de lui en s'esclaffant. Elle écrira plus tard dans son journal :

« Dans les plus grands moments de trouble, seul l'Eros éternel peut tirer les êtres animés du néant. »

Stéphanie et Bertrand se souviennent de l'époque où Kiki gigotait dans son lit à barreaux aux Garrigues, suçait son pouce et éclatait de rire en dormant. C'était le temps de la tendresse et de l'innocence. Leurs corps se mêlent à nouveau, loin des soucis quotidiens et des urgences du lendemain. Ils ouvrent une parenthèse sur les frustrations des derniers mois, s'accordent un droit à la tempérance. Lentement, ils retiennent l'instant, freinent l'usure du temps, repoussent l'issue de l'anéantissement. Stéphanie et Bertrand parcourent l'univers, remontent les années-lumière. Plus de prince charmant dansant le boléro ! Plus de femme courte et replète sur ses talons hauts ! Ils s'abîment dans le regard de l'autre, se sourient béatement. Stéphanie la déesse aux cheveux ondulants s'offre à son satyre au nez tordu !

- Encore. Plus fort !

Le mystère divin qui a conçu le monde, inventé la matière et le temps, les traverse en une onde électrique. Le plaisir monte, les bassins ondulent, les bouches se tordent. Stéphanie impérieuse, conquérante :

- Pas trop vite, continue !

Elle se cabre, le cogne durement et gémit. La verge de Bertrand s'embrase, vibre en longs spasmes réparateurs, livre sa matrice génitrice. De plaisir, il hurle intérieurement quand l'image tutélaire de son père absent prend la voix de Frédéric Dard :

« Mon Dieu, que ta volonté soit faite. »

Le lendemain, Stéphanie le taquine :

- Dis-moi, Bertrand, tes américaines ne te trouvaient pas un peu phallocrate ?

- Ça ne leur faisait pas peur. Au contraire, elles me jugeaient plutôt falot… Leur objectivité matérialiste apprécie les réalités pour ce qu'elles sont. En Europe, on dissimule ses pulsions au nom des bons principes. Pourtant les genres ne sont pas égaux devant la nature. La prostitution et la pornographie ont beau choquer les femmes, les besoins des hommes les pousseront toujours à ces dérèglements. Les femmes rêvent d'une harmonie abstraite qui épanouisse leur sensualité, recherchent une dynamique qui émeuve tout leur être, et pas seulement leur appendice génital… Cette différence est très bien exploitée par la société marchande… Heureusement, Dieu vous a créées pour élever nos âmes !

- Je vois que tu as réfléchi à la question. Gageons que tes recherches nous procurent un certain apaisement…

- Ce matin, je repensais à Ginette, qui manipulait sa progéniture pour conjurer la tragédie de la guerre d'Algérie… Son mari était forcément complice de cette machination. J'aimais ses faux-airs bon-enfant, mais je me demandais toujours quelle malice se cachait derrière ses blagues de comptoir.

Stéphanie atteint la béatitude au cours de ces dimanches interminables sans lesquels la vie paraîtrait trop courte. Elle trouve ainsi son « petit bonheur » dans un état végétatif de sérénité contemplative, que ce soit au soleil des Garrigues ou sous la pluie à Versailles, écoutant le bruissement du temps qui passe et goûtant la tranquillité d'une vie domestique bien réglée.

Pour Bertrand, c'est plus compliqué. Il n'arrive plus à s'extraire de la ventilation nucléaire le vendredi soir en quittant sa tour d'ivoire de La Défense.

Stéphanie décide de donner un dernier petit coup de jeune au délire schizophrène des « motifs » de Grothendieck. Elle retourne sous le ciel étoilé des Garrigues pour déchiffrer à la fac de Montpellier le fonds documentaire dithyrambique du chercheur. Sous le regard soupçonneux de ses anciennes collègues, elle photocopie, annote et classifie ses archives. Elle obtient même un rendez-vous avec le pontife en retraite dans son hameau perdu des Pyrénées, mais n'en tire que de vieilles rancœurs sur les dérives de la communauté scientifique. Elle échange aussi avec ses anciens disciples, assistants devenus concurrents « qui ont pillé et se sont approprié toute son œuvre. » Car les pistes grothendiesques s'effacent comme la neige au soleil dans la cosmogonie mathématique. Stéphanie rend pourtant un vibrant hommage à Alexandre Grothendieck lors d'une conférence très applaudie durant laquelle elle vante la singularité de sa démarche, l'exemplarité de sa créativité ludique et pulsionnelle, celle-là même qui manque cruellement aux nouvelles générations de la communauté scientifique. Elle conclut son exposé par cette citation désabusée :

« C'est de cette vision que sont sortis des outils que tout le monde utilise aujourd'hui comme on tournerait une manivelle, alors que la vision elle-même, puissamment vivante au jour de mon départ, a été enterrée. »

Bientôt le vieil homme lui fait des chicaneries et menace de l'attaquer en justice si elle continue à dénaturer son œuvre. Auprès de Penelope qui s'émeut de cette ingratitude, Stéphanie le défend en ces termes :

- Au début, je croyais que ce vieux grigou préférait qu'on l'enterre avec ses travaux plutôt que de les transmettre à une femme, mais je me suis rendue compte qu'il se perdait lui-même dans ses théories. Il a bien été obligé de le reconnaitre. Bertrand prétend que je passe à côté d'une grande œuvre, que je suis trop attachée aux réalités tangibles pour m'aventurer dans une pensée aussi novatrice. A l'heure où les femmes courent après la science et le pouvoir, les hommes sont prêts à tout pour garder une longueur d'avance. *« Que nul n'entre ici s'il n'est géomètre »* était gravé sur le fronton de l'Académie platonicienne…

Penelope s'esclaffe. Elle vient d'obtenir de son divorce un joli pactole. Qui lui lancerait la pierre ? Kant disait dans sa Philosophie des Mathématiques :

« Il se pourrait qu'aucune action morale n'ait jamais été commise ! Parce qu'aucune action humaine réellement désintéressée n'a peut-être existé. »

La vie est incertaine et le bonheur fragile. Au printemps, Aaron décède brutalement d'un infarctus. Il n'aura plus à choisir entre Uriana et Yohanna : Entre le paradis terrestre et la miséricorde divine. Yohanna ne retournera pas en France. Elle s'installe définitivement dans le brouillard londonien. Son amie Rena la nomme gérante du Studio d'Héra, la succursale anglaise de sa galerie d'art contemporain.

La légende grecque ne dit pas ce qu'est devenu le chien de Zeus, mais Stéphanie se demande s'il ne jouait pas un rôle crucial dans le roman de Yohanna. L'archéologue disparait en effet peu de temps après avoir abandonné son chien. Le couple l'avait adopté dans les ruines du temple mais la législation sanitaire les contraignit à le laisser sur place pour rentrer précipitamment à Londres.

Aux dernières nouvelles, Faith dirige un pôle administratif à l'Université de Boston. Elle se surmène et fait une fausse couche. Le prince Julio de Menzota, lui, attend son héritier de pied ferme. Pour l'accueillir, il redonne tout son lustre au palais madrilène sous la bienveillante vigilance de sa jeune épouse.

La toiture de Versailles prend l'eau lors des fortes pluies de printemps mais les dégâts sont moins importants qu'aux Garrigues. Cela devient consubstantiel chez les Cuvier. Stéphanie n'écrira pas son livre sur l'Arche Perdue des Mathématiques. Aaron est mort, Grothendieck enterré, quel vieux sage pourrait-elle encore invoquer ? Elle se consacre corps et âme aux travaux fastidieux de son laboratoire. Le contrat de Bertrand s'achève pour cause de restructuration industrielle, mais grâce aux relations de son frère, il rebondit élégamment dans le conseil en engineering.

Contre toute attente, il reçoit une indemnité substantielle de la fondation américaine. Le couple décide de passer les vacances aux Garrigues pour engager de nouveaux travaux.

Ils ont fait le grand écart sans atteindre le point de rupture. Chacun reconnait ses erreurs. Ils conviennent que pour l'instant, ils n'ont rien trouvé de meilleur.

~∞~

Table

1 – Le Cénacle d'Hypatie	5
2 – Le Lisa Chudlovsky Council	14
3 – Le supplice de Tantale	25
4 – Le Royaume d'Eigendom	35
5 – Les sorcières de Salem	44
6 – La maison du lac	54
7 – Le chien d'Or	64
8 – La piste comanche	72
9 – Une épopée grecque	90
10 – Dernier rêve américain	113
11 – Retour à Cazeneuve	132
12 – Printemps au New Hampshire	144
13 – Du rififi à Zoniana	156
14 – La chaîne de Markov	168
15 – Hors jeu	180
16 – Récoltes et semailles	189
17 – Ça s'en va et ça revient	203

Du même auteur

Le Suppléant
Les éditions de la Montagne Bleue
2012

© 2018, François Bougeault

Edition : Books on Demand,
12/14 rond-Point des Champs-Elysées, 75008 Paris
Impression : BoD - Books on Demand, Norderstedt, Allemagne
ISBN : 9782322121861
Dépôt légal : Mai 2018